AF EN
ENDNU LEVENDES PAPIRER

克尔凯郭尔
论
安徒生

——

出自
一个仍然活着的人的文稿

〔丹麦〕克尔凯郭尔

著

京不特

译

商务印书馆
The Commercial Press

Søren Kierkegaard
AF EN ENDNU LEVENDES PAPIRER
本书根据 Søren Kierkegaard Samlede Værker bind I 译出

本书出版得到丹麦艺术基金会的资助

出自
一个仍然活着的人的文稿

被违背其意愿地

发表[1]

索伦·克尔凯郭尔 著

哥本哈根
C.A.莱兹尔出版。毕扬科·鲁诺印刷
1838 年

前　　言

　　人们通常说，前言并不阻止争议的出现[2]；但这里的前言却至少中止了我与这篇文章的真正作者长久的争议。就是说，尽管我"以舌头和嘴并从内心底处"[3]爱他且真正地将他视作是我的忠实朋友，视作我的 alter ego（拉丁语：另一自我），我仍绝不可能以另一个表述，以 alter idem（拉丁语：另一相同者）来标示我们的关系，这一表述看上去也许是能与前一个表述同一的。就是说，我们的关系不是某种友情的 idem per idem（拉丁语：以相同来表述相同）；相反，尽管我们在这种关系之下由各种最深刻的、最神圣的、最不可松解的关联捆绑在一起，但我们却几乎总是有着不同的意见并一直处于争论之中；是的，我们虽然常常如磁石般同性相斥，但却在最严格的意义上不可分离，尽管我们共同认识的人很少，也许人们不曾见到我们在一起，纵使他们中的某一个也许有时感到奇怪：仿佛他离开了我们中的一个，而几乎就是在同一刻，马上遇到了另一个。因此事情绝非是，我们能够对这样一点感到高兴：我们作为朋友处于一体之中，关于这种一体，诗人和讲演者在他们重复的永恒化之中只有一个表述，他们说，这就像是一个灵魂处在两个身体中[4]；不，关于我们的情形，更确切地则应当说，就仿佛是两个灵魂处在同一个身体之中。我们相互间会有怎样的麻烦，怎样的一些"有时会出现的家庭生活的场景"，我亲爱的读者，如果你允许我叙述，关于这篇小文章都发生了一些什么，那么你就能对之得出一个最好的观念，你能够很容易地从这微不足道的小事出发来推导出其余的东西。就是说，我的朋友在相当高的程度上承受着世界中的不尽人意之痛，这常常令我很是为他担忧，并时常令我担心——如果我的好心情无法对这事情做出补救并消除扫罗的恶脾气[5]的话——我朋友的情形、我的情形和我们的友情的情形看上去会很糟糕。众所周知，人的灵魂无需像我们的地球那样用那么长的时间围绕自己的轴心旋转。不仅这一运动远远更快，而且灵魂也远远更频繁地经过各种不同的星相[6]，正如，由于同样的原因，在每一单个星相中停留的时长也相对于公转绕行速度明显地变得更短。现在，在灵魂步入了"希望"与"渴盼"的星相的时候，按我所能理解的来看，在各种不同星相结构的吸引力之下就会有一些朦胧的预感醒来，它们就像是在交互轮唱中回应和遇会着那些从我们非常熟悉却也经常遗忘的真实家园里向我们发出的遥远的声音。在这样的瞬间，他会沉默而神秘地在自己的 αδυτον（希腊语：神圣不可触及的东西）之中内闭起自身，这样，他看起来甚至仿佛是在避开我——他通常则是完全信任我、不会对我保留秘密，而我好像只有在一种"在他的灵魂中运动着的东西"的消失着的光泽之中，才以一种奇怪的同感的方式（这只有通过一种不可理解的 communicatio idiomatum[7]〔拉丁语：各种性质的统一〕有可能让人领会）感觉到，那在他内心之中蠢动的东西。然后，他重新回来找我，一半是有点不好意思——如果我会感觉到什么的话，这样，在稍稍的停顿之后，他忧伤地大声诵读出：

> Es blies ein Jäger wohl in sein Horn,
> Wohl in sein Horn,
> Und alles was er blies das war verlorn[8]
> 有一个猎手在吹着自己的号角
> 在吹着自己的号角
> 但他所吹的一切已经消失

在这时，他确实是差不多要令我感到沮丧了。如果在一些时候他成功地抓住了各种飘忽的想法中的这一个或那一个，那么他就也必须，如他所说，去与之搏斗和争执。尽管他在祝福的瞬间忘记了自己已瘸[9]，但在这祝福离开他的时候，他只会更强烈地感觉到自己瘸了。不过，即使他能够在一个更实足的片刻中得到和捕捉住了这些想法的一个（因为，你，亲爱的读者，肯定也体验到，不仅仅对于上帝是"一天如同几千年"[10]，而且，对于我们人类来说也是如此，尽管这只是罕有的一次），他仍经常会害怕，害怕由于没有及时地让这思想变成基督教的，因而精灵和山怪们就得到权力去在这位置上留下一个替代儿[11]。在经历了许多诸如此类的麻烦之后，现在这一篇小小的论文也被写了出来，而我作为他与世界沟通的媒介（Medium），已在负责这一论文，以便为其外在定性之达成——"被印出来"——安排好各种必需的东西。然而，有什么事情会发生呢？他强烈地反对这一点。他说，你当然知道，我把"写书"看成是一个人所能做的最可笑的事情。一个完全地听任命运和环境来处置自己的人，怎样能够去避免所有各种偏见呢，人们把这些偏见带到对一本书的阅读中，并且，与大多数人在结识什么人的时候所带的各种预先想象出的观念相比，这些偏见所造成的曲解只会更大不会更小，而之所以只有那么少的人真正知道别人看起来是怎样的，就是因为这些偏见在作祟。为了完全 ex improviso（拉丁语：没有预知地，没有准备地）落入读者的手中，一个人能够怀有什么样的希望呢？另外，我觉得自己是被绑定在了这篇论文最终所得到的这种固定的形式上了，为了重新让自己感到自由，我想要把它重新放回子宫，让它再一次沉没在它曾出自的黎明微光[12]之中，在那里，理念

显现出来，微笑，退隐
就像人们想要在雾中看见的岬角之尖[13]

——也许这样一来它能够以再生的形象重现[14]。另外我也很清楚地知道，绑定你的东西是什么。作家之虚妄[15]，亲爱的！"可怜的心，你还是不能够放弃'成为四大张纸[16]的作家'的虚妄的希望？"阿门！"Ὣς ἔφατ᾽. αὐτὰρ ἐγώ μιν ἀμειβόμενος προςέειπον"[17]（希腊语：他这样地说着，但是我回答，并对他说）：胡说八道。你在上面所说的一切都是没有任何意义的，并且也没有任何归属，这样，如你所知，既然这种没有任何归属的闲聊总是足够地冗长，那么我就不愿再多听一句话。这论文现在在我的控制之下，我可以做决定。因而：向前，起步走[18]。口令就是：我所写下的，我已将之写下[19]。

出版者

Verte（拉丁语：翻过去）

注释

1. **出自一个仍然活着的人的文稿。被违背其意愿地发表**]这个标题写在一篇打算要在1838年完成但一直没有完成的剧作《新老肥皂地下室店铺之争》的草稿之中。后人对这个标题的解释主要有三种。一种是传记意义上的解释，把生死之对立以及这标题与人们所认定的克尔凯郭尔在年轻时期曾有过的自杀尝试、与保罗·马丁·缪勒的去世（缪勒死于1838年3月）或者与克尔凯郭尔父亲的去世（在同年8月）联系在一起。一种是从文本内部出发的解释，着重强调克尔凯郭尔对安徒生的天才观的决定性批判，强调克尔凯郭尔把"仍活着的人"理解为从死者群中复活的，或者理解为一个尚未被毁灭的天才。最后一种解释则把这标题理解为意指匹羽科勒·穆斯考斯的《死者信札》（H.L.H. Pückler-Muskaus, *Briefe eines Verstorbenen*, München 1830），因为克尔凯郭尔和安徒生接触到过匹羽科勒·穆斯考斯的作品：克尔凯郭尔在日记中间接提到过匹羽科勒·穆斯考斯的作品，而安徒生在小说《只是一个提琴手》中提到过《死者信札》。

    有意思的是，克尔凯郭尔在1847年出版《危机和一位女演员生活中的一次危机》的时候，曾考虑过把"出自一个已死了的人的文稿"作为副标题并与《基督教讲演》同出。

    "被违背其意愿地发表"可以是指，这篇论文按克尔凯郭尔的打算本该是发表在海贝尔的《珀尔修斯，思辨理念杂志》（Perseus, Journal for den speculative Idee）上的。

2. **前言并不阻止争议的出现**]一个在法律意义上有争议的成语，在这里的意思也许是："前言"可被理解为预先给出的承诺之言，也就是说事先的约定，并不预防一场争议。

3. **以舌头和嘴并从内心底处**〕出自哥本哈根巡夜人的夜歌："在午夜的时分，/ 我们的救主他诞生了，/ 成为全世界的安慰，/ 这本来是荒凉的世界；/ 我们的钟声敲响了十二下；/ 以舌头和嘴 / 从内心底处 / 把你们自己托付给上帝吧"（丹麦文原文出自 *Instruction for Natte-Vægterne i Kiøbenhavn*, Kbh. 1784,s.21）。

4. **一个灵魂处在两个身体中**〕也许是戏用了霍尔堡的喜剧《帕妮乐的短暂的小姐身份》（*Pernilles korte Frøken-Stand*）第二幕第四场中耶罗尼姆斯对自己去世的妻子的描述。该剧首演于 1727 年，剧本于 1731 年在哥本哈根印行。（关于"小姐身份"，译者说明：这里所用的称呼与丹麦当时的社会等级规定相关，无衔位父亲的女儿的头衔是"处女"（jomfru），而"小姐"（Frøken）头衔则保留给有衔位父亲的女儿。）

5. **消除扫罗的恶脾气**〕指向《撒母耳记上》（16∶14）和（16∶23）："耶和华的灵离开扫罗，有恶魔从耶和华那里来扰乱他。（……）从神那里来的恶魔临到扫罗身上的时候，大卫就拿琴，用手而弹，扫罗便舒畅爽快，恶魔离了他。"

6. 星相，即十二星相，黄道十二宫。黄道十二宫是西方的占星术传统使用的黄道中的每十二分之一。每个星座是被划分出的 30° 的黄道，十二个部分合起来组成 360°。星座运势使用十二星相，从白羊、金牛到双鱼座。

7. **communicatio idiomatum**〕拉丁语：各种性质的统一；出自关于基督的人神两种本性的学说的神学表达，用来描述神的本质和人的本质的各种性质的统一。

8. **Er blies ... war verlorn**〕德国歌谣《棕黑色的女巫》（Die schwartzbraune

Hexe）的第一段。收录于 Des Knaben Wunderhorn. Alte deutsche Lieder，第1卷 第34页（ 由 L. Achim von Arnim 和 Clemens Brentano 收集和出版，第2版第1-3卷,Heidelberg 1819 [1806-08]，ktl. 1494-1496）。

9. **去与之搏斗和争执……自己已瘸**] 指向《创世记》中雅各在夜里为得到祝福与上帝角力；他得到了祝福，但在角力中他在大腿窝挨了一下，到了日出的时候就瘸了。见《创世记》(32∶25-32)。

10. **对于上帝是"一天如同几千年"**] 参看《彼得后书》(3∶8)："亲爱的弟兄啊，有一件事你们不可忘记，就是主看一日如千年，千年如一日。"

11. **替代儿**] 按民间信仰的说法，超自然的（尤其是地下的）生灵会在摇篮中放一个替代儿来替代一个尚未受洗的孩子，这替代儿一般会是畸形的、弱智的、顽皮的，但通常吃东西会有很大的胃口。

12. 这里的丹麦文原文 Dæmring 既可指黎明前（日出前）的微光，也可指黄昏后（日落后）的微光。译者随机地译作"黎明前"。

13. **显现出来……在雾中看见的岬角之尖**] 这是对约翰纳斯·爱瓦尔德的诗歌《渔人们》的改编引用。原诗收于《约翰纳斯·爱瓦尔德文集》(Johannes Ewalds samtlige Skrifter, bd. 1-4, Kbh. 1780-91,ktl. 1533-1536) 第3卷第196页："我显现出来，微笑，退隐,/就像人们在雾中想要看见的岬角之尖。"

14. **把它重新放回子宫……它能够以再生的形象重现**] 也许指向耶稣与尼哥底母的对话，见《约翰福音》(3∶3-4)："耶稣回答说：'我实实在在地告诉你，人若不重生，就不能见神的国。'尼哥底母说：'人已经老了，如何能重生呢？岂能再进母腹生出来吗？'"

15. **作家之虚妄**] 出自哈曼《一个作家的自白》(J.G. Hamann

Selbstgespräch eines Autor（1773））。见《哈曼文集》（*Hamann's Schriften,* udg. af F. Roth, bd. 1-8, Berlin 1821-43, ktl. 536-544）第 4 卷（1823 年版）第 75 页："Hältst du noch fest an deiner Schwachheit, liebes Herz! ein öffentlicher Autor in groß Quart zu werden..."

16. **四大张纸**］在印刷技术中，一大张印完后折叠出来就是当时正常书本的纸张格式八开本的十六个印面。四大张也就是 64 页。

17. **"Ως εφατ'... προςέειπον**］希腊语：他这样地说着，但是我回答，并对他说。这一叙述形式在《奥德赛》中常常被用作关联语式。

18. **向前，起步走**］在安徒生的《只是一个提琴手》（见后面对此的注释）的第 1 部分第 7 页中，军士长命令裁缝（主人公的父亲）"向前，起步走"，故事就开始了。人民文学出版社林桦译《安徒生全集》第四卷（下面简称《安徒生全集》四）第 11 页。

19. **我所写下的，我已将之写下**］见《约翰福音》（19：22）：在犹太人的祭司长要求彼拉多改写十字架牌子上的名号时，彼拉多说："我所写的，我已经写上了。"

为有可能因阅读前言而受伤害的读者们所写的后记：他们当然可以跳过这个，而且如果他们跳得远到甚至可以跳过论文，那么，这也是无所谓的。

目　　录

论作为长篇小说作家的安徒生 …………………………… 1
注释……………………………………………………………66

论
作为长篇小说作家的安徒生[1]

持续参照[2]他的最新作品:
《只是一个提琴手》[3]

论作为长篇小说作家的安徒生

整个更新近的发展[4]有一种极大的倾向——远不是带着感恩去回忆世界为成为它之所是而经历的各种搏斗和艰难,这种倾向甚至想尽可能地遗忘世界汗流满面[5]才得到的各种成果,以求重新从头开始[6],而在对于"以后的世界会以怎样完全合理的权利来以同样的方式对待自己"的焦虑预感之中,这一发展一方面让自己相信自己的活动和自己的意义,一方面又要通过"把自己弄成世界历史的真正起点"、通过(如果可能的话)"以自己为原点开始正向的计时[7]并且使先前的存在(如果人们仍有足够理智去设定这样的先前存在的话)成为生命之劳役[8](以这样一种减法人们只会为'有必要用上如此长的一段时间'感到遗憾)"来把这一承认[9]强加于以后的世界。如果我们在这一现象最值得尊敬的形态之中遇上这一现象,比如说它在黑格尔对于"始于乌有"的伟大尝试[10]中出现时的情形,那么,它必定会既令我们佩服又令我们高兴:令我们佩服是由于理念由之结胎成形[11]的那种道德的力量,理念由之而实施的智性的能量和技艺;令我们高兴,是因为整个否定[12]终究只是在体系自身界限之内的一种运动[13]，这运动被做出，恰恰是基于那想要去重获"存在之'纯正的充实'[14]"的兴趣。如果我们看到由真正的本原人格与整套现代习语的自然对立所引起的同样的现象，如果我们看到一个这样的人，通过天才自身的深厚的阿图瓦力[15]而高高超出人群，就像一座令人难忘的雕像一样地站着，完全被包围在其自制的术语斗篷的丰富褶皱之中，但又如此自我中心地封闭在自身之中，以至于"瞠目结舌的庸众"不会抓得到任何东西，哪怕是最细微的碎屑，那么，我们无疑就必须为"这样的一个西门·斯蒂利塔[16]提醒我们记住什么是独立自主"而感谢上帝，但也为"时代的错误要求有一个这样的牺牲"而感到遗憾。然而就上面所描述的想要从头开始的愿望的两种表现形式来说，我们还是有必要注意，它们是为了"要显示出可能存在于这种倾向中的相对真理"而被提出的，因为，就第一种表现形式来说，它本质上就是"作为体系的哲学"的责任——"去不断重新考虑领会其自身的各种前提"，并且，在这样的情况下，只因一种误解，它也去针对了存在本身；如果我们看一下第二种表现形式，那么，它则一方面是因"更普遍的、覆盖了所有各个国家的、与它只有极远的亲缘关系的困惑"而被逼迫出来的，另一方面只是以改革的方式针对滥用（这些滥用已经悄悄地蔓延进了已有的正定性〔Positivitæt〕[17]之中），且并非因此而想要去清除掉原本在语言中给定了的词句——一个都不能被清除掉。现在，这非凡的积极意愿和就绪状态，这几乎是热烈恳切的助人之心（在我们的时代里，总是有千百人带着它们[18]随时准备着，一旦有一句理性的话被说出，就马上去误解它），在此在怎样的一种程度上也在孜孜不倦地活动着，——关于这个问题[19]，任何一个人，只要他注意到了整个更年轻的文学界一方面完全专注于作序和写前言[20]（因为它[21]忘记了，黑格尔所谈论的"从乌有开始"被他控制在了体系之中，而且这一"从乌有开始"绝不是对现实①所具的巨大丰富的无视），另一方面又极大地受这些歇斯底里的"才华横溢之情形"的影响，那么，他就会很容易地为自己找到很有说服力的答案。

这同一个幻觉的更可悲的形态，在严格的意义上也就是我们本来针对的形态，在时代政治环境的主流方向[22]中

---

① 然而，在黑格尔主义者谈论他们与现实的关系时，人们却不应当完全从字面的意义上相信他们的话；因为当他们在这方面要引用他们的导师的不朽著作（他的《逻辑学》[23]）时，在我看来，这时的情形就像在衔位等级规定[24]中的情形，人们从文书们（Seyn〔德语：在〕，纯粹的在）开始，然后通过"其他文书们"（das Andre〔德语：他者〕, das Besondre〔德语：特殊〕, Nichts〔德语：乌有〕[25]〔也正是因此，人们说，其他的文书们 sind so viel wie Nichts〔德语：完全就如同乌有〕〕）开始，让"真正的文书等等"定性出现，但却并不因此就有权利得出结论说，在事实上是有着一个"真正的文书"。

显现出来。它误解着历史进化①的深刻意义，紧紧抱着（够奇怪的，就像是在为自己的存在而战斗那样）"世界总是变得更聪睿"的陈词滥调，有必要注意，如果我们是在对这一瞬间有益的、同时也是拙劣模仿的②后果之中领会它的话，它就会要么[26]显现为在"对'在生活中尚未得到考验的各种力量'（这倒是它的最佳形态）的过度的信任"中的"青春的骄傲"，尽管就像真正的青春的东西（这真正的青春的东西是它之中的真〔Sandhed〕的不可或缺的环节）减退下去那样，这现象也在同样的程度上将自己归简到轻率，尽管同时代的人们会盲目痴迷以至于去感谢这样的klein

---

① Vernunft wird Unsinn, Wohlthat Plage
Weh Dir, daß Du ein Enkel bist.[27]
（德语：理性变成了荒谬，善行变成了灾殃；
你作为子孙真是不幸！）
就是说，人们在发展之中越是远离了严格意义上的中心，这自然就会显得越奇怪，而且我不怀疑 Rana paradoxa[28]（拉丁语：悖论之蛙），比如，能够在单独一个句子中带着——比迄今为止所有怀疑者和自由思想者的 summa summarum（拉丁语：总和）所具备的要远远更令人深思的——对存在的怀疑出现；因为正如让·保罗[29]所说："Solchen Sekanten, Kosekanten, Tangenten, Kotangenten kommt alles excentrisch vor, besonders das Centrum"[30]（德语：对于这样的正割、余割、正切、余切而言，一切都显得是偏离中心的，尤其是中心）。
② 我们站在祖先的肩膀上，
我们看起来伟大——其实渺小……[31]

Zaches genannt Zinnober[32][①]（德语：被称作岑诺贝尔的小匝赫斯），——要么显现为缺乏"能够接受各种生活条件"的耐心，显现为无奈——因为无法进入这状态中的一个特定位置去承担起历史的（对于理性者来说是轻松而充满祝福的）担子。但是，在两种形式之下，这一倾向都使得自己背上了"试图谋杀已有的现实"的罪责；它的口令是：忘掉现实的东西（而这就已经是准备谋杀了），并且，如果那些经过了几百年发展的宏伟的国家形式仍不让自己被人忽视，那么它们就必须避让，就像以前的原始森林在启蒙的曙光中面对文化之犁必须避让那样，这样，在那些被清理了的平地上于是就不再会有任何诗意的藏身之处；而为数不多的一些"普通人"的纯粹的样本则能够，无需遭受丝毫亵渎性的触摸或者被任何有斑或有点或有条纹的事物[33]冒犯，在一种令人震惊的单一性环境之中生养出一整窝特选的抽象的 Cosmopolit-Gesichter[34]（德语：世界公民面

---

① Cfr. Hoffmanns Schriften neunter Band p.45: „Seltsam war die Gruppe, die beide zusammenstehend bildeten. Gegen den herrlich gestalteten Gregor（这是一个在历史意义上得到了发展的状态）stach gar wunderlich das winzige Männlein ab, das mit hoch empor gereckter Nase sich kaum auf den dünnen（非历史的）Beinchen zu erhalten vermochte."（德语：参看《霍夫曼文集》第九卷第45页："这两个人在一起构成了很奇怪的一组。这个小矮人以一种奇妙的方式与体态漂亮的格雷戈尔〔这是一个在历史的意义上得到了发展的状态〕构成对照，他鼻子向上伸着，几乎不能以瘦瘦的〔非历史的〕小腿支撑自己。"）

孔)。就像黑格尔,这一倾向不是让体系,而是让存在,开始于乌有,而否定的环节——所有运动都是通过它并且依据于它而发生(黑格尔概念的内在的否定性[35])——则是不信任,这不信任无可否认地是一种如此否定性的力量,以至于它——而这恰是它好的地方——必定会终结于"杀死自己",这是某种到时候将发生的事情;因为,一旦juste milieu[36](法语:正确的中庸之道)、唯一的中介——它们[37]正是通过这中介而牢牢攀附于这国家——有一瞬间想着要用墨尔老乡的话说:等一下,我得往手上吐一点唾沫,那么它们就会无法挽回地坠落下去[38]。

这样,我们希望,上面这些更一般的观察与我们工作的内在而有机的关系,到了一定的时候,对读者来说会变得清晰起来。在有了这些观察之后,我们将尝试在我们的长短篇小说文学[39]中稍稍为自己定一下位,同时提醒大家记住,同样的"从头和从乌有开始"的尝试在这里也发生了,是的,被实现了;因为我们不知道如何以其它方式描述各种以日常故事(以乌有)开头的短篇小说的作品集[40],——我们只能说:这种尝试恰恰依据这方向上的"真的",在自己的否定性中对准了一种恶劣行径——这种恶劣行径悄悄地蔓延进了文学的这一分支,并且像所有恶习一样获得了一根特别长的尾巴,而且,因为每一代人都在它上面添加了

论作为长篇小说作家的安徒生

自己的一份,这一尾巴已经长得类似于有名的"希普希普希普希普尔尼普希普希普尔尼普希普尔尼普希普希普"[41]了,而在另一方面,这一尝试则在自己的正定性之中内向地展现出如此巨大的财富,并对存在的诗意比重[42]做了如此令人喜悦的见证,以至于必定会鼓励每一个后来的短篇小说或长篇小说作家"有这样的开始"。

由于我们要以尽可能少的词句把读者的注意力引向这个因"日常生活故事的作者"而出现的短篇小说的作品集,我们就必须提醒大家记住:我们这样做,既不是为了在给予这些故事一定的认可之后,以现代哲学的忙碌来夷平这一高凸点并将之转化为一种在存在之中消失着的环节——各种不同的 homines novi[43]（拉丁语：新人）("新生伯爵,一夜间速成的骑士"[44]）也许已经在这环节之上冒出来了,也不是为了将这些故事固定在绝对的天主教性[45]之中——"其外无至福";不,我们这样做,是考虑了这些短篇小说之中所蕴含的人生观,这种人生观正如在存在之中确定地有着其对应元素作为自己的预设条件,也有被唤醒的元素作为自己的作用结果;这一考虑对我们现在所做的工作来说绝不是不重要的,并且,它只有在对我们的工作有重要意义的情况下,才被考虑。然而,我们必须事先请求这位受尊敬的不知名作家的原谅,他[46]（就像那些不朽的古典作家，对他们的解释恰构成对他们几百年的折磨，一代又一代人给出了其——很遗憾——常常是太多的"品位低下的诠释者"之份额，并因此促成一大堆常常强挤于作者和最喜欢他们的读者之间的乌合之众）在这里再次看见自己遭到一个评论家的追击，这个评论家"是因为感觉到了这一点并且只是在通过自己善良的守护天使的信任而努力去favere lingua[47]（拉丁语：向语言示好）"。

这种升华，这种生命的喜悦的升华，这种最终作为生命之战利品而达成的、经过了搏斗的对世界的信心——"在这世界之中，甚至在其最低下的各种形态之中，生命诗歌的源泉都不会干涸"，这种对人类的信心——"即使在其最平庸琐碎的表现形式中，只要一个人想要真正地去寻求，也会有着一种圆满，一道'得到了精心照料而能够使整个生命焕发光彩的神圣火花'[48]"，简言之，这种"青春对生命成就的各种要求和展示"的得到了确证的一致性——这种一致性在这里不是ex mathematica pura（拉丁语：从纯粹的数学出发）被证明，而是被一种丰富性情的全部内在无限性de profundis[49]（拉丁语：从深处）所阐明，并且被带着青春的严肃讲解，——所有这些给予这些故事一种福音的色彩；对于每一个尚未将自己的灵魂卖给魔鬼以求翻天，[50]并且也没有在实践上很深入地沉浸于各种靴子中[51]以求找到生活之真正的实在[52]的人来说，这福音的色彩必定能确保这些故事是意义重大的，并且使得对它们的阅读成为一种真正陶冶性的学习。① 即使我们觉得通向这一快乐的道路肯定要经过叹息之桥[53]，即使一个人似乎听到了简简单单的一声仍未完全找到救治方法的叹息，即使他因此踩在了某个地点上，没有到达真正的宗教性的、先天的天才性，而是进入了某种在"可爱温馨的关系"的舒适的墙壁之内的"感觉很好"之中，即便如此，贯穿这些故事的精神也仍然与那以艺术的鉴赏力为前提的客观态度是结合在一起的，这种结合如此令人欣悦，以至于（尽管它们的作者在概观这全集的时候，有时会忍不住将之称作是一个"便俄尼"）读者们必定会将之称为"便雅悯"[54]。因此，虽然[55]某些年轻人沮丧地认为，在这里也有证据证明，那进入应许之地的只是我们生命中的约书亚，而不是我们生命中的摩西[56]，虽然某些年轻的目光悲伤地转向那个强有力的、消失已久的过去，虽然许多年轻人的耳朵倾听那：

---

① 参看《婚姻》第198页[57]："我亲爱的年轻女读者！你，'或许已经在手中拿起这本书来令自己离开你几乎不敢向自己承认的想法'的你：这个简单的故事尤其是献给你的，连带着一个不知名的朋友对你的胜利的热烈祝愿！"

> 战马脚下轰鸣如雷，丹麦骑手们竞相追逐[58]，①

就仿佛那个强有力的、消失已久的过去可以再一次被体验，就仿佛它只能是在所有青春的诗歌的合理要求的有力的密咒之下，就像它的各种故事中的那些父亲那样，在坟墓里复活以便把剑交给自己的儿子[59]——它自己就曾以这剑与精灵和山怪战斗，除此之外别无可能，可是，在这些短篇小说的作者带着光环站起来，像帕尔梅尔②那样致辞为这值得畅饮的事情干杯的时候，年轻一代中那部分也会参与进来，这致辞是：愿天才、美、艺术和这整个美好的大地长存！愿我们要爱的东西和我们爱过的东西长存！愿这些东西在此地或者彼岸在带着光环变容后的生命之中活着，正如它们在我们的回忆之中活着那样[60]。

这些短篇小说必须在老一辈人中寻求它们真正有同感的读者——这老一辈人，其人生观是这些小说进入存在的前提，并且仍能够在一个由许多重要的杰出的个体人格构成的集体之中被明确无误地辨认出来，而与此同时，这些

---

① 当代的替代[61]：
以长腿踩在地板上
只达到一丁点。

② 参看《各个极端》。[62]

小说与(比如说)政客们的关系[①]是不值得谈论的,原因很简单,福音一向就只能向那有耳可听的人[63]布道,而且,一种放弃,如果它不是外部压力的结果(这类被压扁的人并不罕见),而是战胜了世界的喜悦的内在伸缩力的发展,那么,它对于政治的确切可触性来说就显得太不可捉摸了,——我说,这是不值得谈论的,除非它给出了这些短篇小说诗意比重的证明,除非它给出了令我们为"这样一种生命之圆满知道怎样令自己存留于政治之'硕士散文'[64]之中"感到高兴的缘由。

相反,如果我们考虑的是仍站在那里思考这个世界的年轻一代,那么,这些短篇小说也会在这一代人中找到留意的和感激的——尽管部分地误解着的——读者,不论这误解是由于"在看见生活迷宫之弥诺陶洛斯[65]要求的牺牲是多少的时候,这些读者在青春的波动[66]中会立即钦佩地惊叹,甚至会几乎是绝望地想要去达到这样一种生活之收

[①] 尽管《年轻的蒙塔努斯》[67]给出了这位作者用以囊括现实中的每一个现象的严肃和爱的非凡的见证,尽管现实政治的发展在很大程度上必定有义务令他更倾向于展示出这样一个典型,并且,就好像他不曾想要去留意这发展为了让他去领会"其喜剧性的方面"而向他发出的所有号召,尽管如此,尽管这小说有它的全部优点,我仍无法否认:我觉得它在最终的润饰上不如其他短篇,因为蒙塔努斯在更大的程度上是被弄折了而不是通过发展而得以变容进入完美。

成"，或是由于"尽管他们不得不向自己承认，这种人生观为自己准备的是一首骄傲的挽歌，他们仍会发现它并非完全符合他们在这样一些瞬间能够清楚地想起的'曾在他们的摇篮上被吟唱[68]的'的曲调"，——还是[69]这误解表现在这样的事实中：这一代人，在尚未发展出生命中应有的技能的情况下，反而去浓缩出一套"理应包含着生活所要求的灵活性的保证"的命题，简言之，他们将"作者依据'经历过了它'而具有的东西"设定为任务，并且过多地停留在单纯的"对之的思考"之中。

这些短篇小说在"尽可能不接触政治事务"的年轻一代中找到了细心的，甚至有才华的读者——所谓的伯恩哈德[70]短篇小说充分而愉快地证明了这一点。后一种小说属于年轻的一代（因为它们根本不具备前面所说的短篇小说的视角），它们得到的不是前面所说的短篇小说的宗教的特性，而是道德的印记，而且，不像前面所说的短篇小说那样有着明净的审慎，它们有时候发展出某种闲聊①的倾向，——这看起来至少不是在反驳我们的断言，因此，我们只想提醒大家记住，第二种误解不能很容易地以类似的表现出现，因为作为同化过程的一个环节，它应当尽可能

---

① 如果我要给出一个这样的例子，我会提及：孩童舞会。[71]

避开自我反思，并且，作为"青春生活最秘密的内在历史"的环节，除非是在更普通的"抒情的爆发"中，否则的话，它只有在异常的状态下才会显露出来。

现在，如果我们从这些短篇小说及其运动场转向那个荒野中的声音①[72]——斯丁·斯丁森·布里克尔[73]（这正是非凡之处）将荒野改造成了在生活之中被流放的想象力的一个友好的躲藏处，那么，在这里我们固然遇不上一个"在如此丰富多样的生命事件之中经受过考验"的世界观，也遇不上伯恩哈德那些短篇小说中作为基本特征的生命之磨练，然而，在这里却也会有某种"从头开始"发生，就在"否定的方面是完全潜伏的"的同时，这里的"从头开始"是依据于这样的事实而得以进行的：一整个正定性（Positivitæt）可以说正苏醒过来，让自己发声，并且以青春的方式清新地更新自己，让自己带着大地本源的②[74]独创性重生。在这里出现的，不是《日常生活故事》的作者所写的短篇小说中包含的、"跑尽了该跑的路并保持了信仰[75]"的个体们的人生观，而是——一种在灵魂的内在之耳中回响

---

① 我的石南荒地寂静而充满黑暗，
然而在石南树冠下鲜花盛开。
云雀在坟丘背面筑巢
往荒野中抛出它声声啼啭。[76]

② 你来自泥土。[77]

着的个体的民间流行的诗意音调和在想象力前展现出来的、民间流行的田园诗般的、被遥远地平线上强有力的秋季闪电[78]闪透的画面的统一体———种深深的诗意，笼罩在直接性的薄雾纱幕中的诗意。我们在此不是钦佩这些短篇小说中的大手笔的技巧，而是更多地对各种单个的富于戏剧性的说词感到意外，这些说词与其说预设了居维叶的敏锐[79]以便从它们中构建出一个整体，倒不如说是预设了一种大自然的深刻作为进入存在的依据的。每一种情形在这里也都有一个统一体，这统一体在其直接性中意味深长地指向未来，必然地会比它之前要更多地把握当今时代，并且也许由此而会对那种"迄今人们一直用以对待政治"的琐碎平庸的（prosaiske）方式起到"带来好运气"的作用。

在这样地将我们的望远镜延伸到适当的距离[80]之后，我们必须请求尊敬的读者，在我们将它对准我们的真正对象的时候，让眼睛跟随着：一个有相当重要文学活动[81]的，不是负面的意义上知名的，诗人汉·克·安徒生先生，在这一点上，我们希望能够通过这望远镜确保自己得免虚幻的领会和肉眼常常会遇到的幻觉。要去观察他最初青春期的一些非常精美的抒情作品[82]，我们的望远镜是不足的，相反我们希望读者会在更为一般的观察中同意我们的看法，即：在他的抒情诗中，他没有被标示为一个主唱，因深刻

论作为长篇小说作家的安徒生 **17**

的性情而被授权的对于更大的整体而言的主唱,没有被标示为一种民众意识的响亮的声音,最后,没有被标示为在本性中有着鲜明标志的个体人格(这样一种个体人格对自己各种特别的爆发和自己对这世界的各种特别要求,除了那种常常不为历史所接受的自然的 imprimatur〔拉丁语:可以印刷的〕[83]之外,没有任何其它正当理由),——相反他被标示为一种"个体人格的可能性",这一"个体人格的可能性"通过"各种很容易被唤起同样也很容易被抑制下去的几乎没有回响的淡退的声音"的感伤的十二开本规格版本[84]而让自己被感动、并且陷在了由各种偶然的心境构成的丝网中无法动弹,而为了成为这样的个体人格,这一个体人格的可能性需要强劲的生命发展。当我们现在把我们的视线转向安徒生的这个故事时,我们简直就完全找不到他在抒情的阶段之后按理必定马上会经历的那个阶段——叙事的阶段[85]——的任何影踪。在这里,我们提及这种——在像"安徒生式创作"这样频繁生产的生产能力中出现的——本该是无法解释的缺乏"任何具有叙事性质的诗歌创作",只是为了要佐证我们的断言——后面的考察将进一步强化肯定这一断言:安徒生跳过了①自己的叙事创作。尽

---

① 我说"跳过",这在这个地方是一种预期,因为我还没有谈论他后来的活动,并且,因而有一种可能是,他尚未到达那里。

管看起来很奇怪,这样的"对'叙事的'的跳过"恰恰会发生在我们这个"按理说有如此丰富的叙事材料"的时代(在这个时代中,每个人都带着一种节俭——这种节俭令人想起舞台艺术的最初发展中的诗人与演员在同一个人身上的经济的结合——是的,每个人在自身之中都有着自己的叙事创作[①][86]和自己的叙事诗人),然而这一现象确实无可否认,并且也不是不令人感兴趣的,是的,安徒生的抒情的自我迷失(Selvfortabelse)[87],比起现代政治性叙事的自我迷醉(Selvforgabelse),既更令人感兴趣,也更令人愉快。

现在,我们并不进入对"'严格意义上的叙事性发展'所具的各种意义"的更详尽的讨论,我们只是想要说明,这不能被理解为对某个心血来潮的作为者[88]的喧嚣嘶哑的热情,或者对某个偶然的个体人格的茫然的凝视,或者一种文学上的恭维,不,这是对已有现实的深刻而认真的拥抱(不管一个人以怎样的方式在这已有现实之中迷失自己),是在这已有现实之中增强生命的休息和对这已有现实的钦佩(而这已有现实就其本身却无需在任何时候被表达出来),但是,对于单个的人来说,这一叙事性发展必定只

---

① 因此,人们在谈话应当发生的地方根本就不去谈论那么多,倒是更多地吟唱和言说(Dichtung und Wahrheit / 德语:诗与真)[89]自己对一个以前有过的场合所说或者会说的东西。

会是有着至高的意义，尽管这一切发生得如此不为人所注意，以至于这心境本身看起来就仿佛是被生在秘密之中并被埋藏在沉默之中。

如果我们现在想要进一步考究，对于像安徒生这样的性情（Gemyt），从"抒情的"到"叙事的"的过渡必须以怎样一种方式来实现（在这里，我们所领会的"叙事的"，是关于诗意的心境，这种诗意心境应得这个名称，并且这种诗意心境对于随后而来的、与之有相应关系的作为之叙事[90]来说是一个必要的条件），——然后，这过渡之实现必定要么是通过这样的事实发生：他带着毕达哥拉斯式的沉默[91]，把自己生命中的一个时间段奉献给了一种严肃的研究，而这当然已经远非安徒生之所为；要么是通过这样的事实发生：同时代的人们以一种诗情画意的方式聚集在一个单个的半神英雄周围；要么是：同时代的人们通过一个由一大堆各自都意义重大的力量构成的巨大联盟[92]，在这些力量的最斑驳的多样性之中，完全没有任何偏差地指向一个唯一的目标，并且带着一种这样的能量朝着这一目标的方向努力，乃至这样的努力必定在一段时间里一直抓住他并且提供那对他来说是必需的生命给养。然而，时代之境况所具的这样一种有利条件并没有落入安徒生的命运中，因为他的真正的生命发展落在所谓的政治性的时期里，而且如果我们只在一瞬间里听政客们对此所说的话,那么我们无疑会让自己确信,这个时期对强化这样的性情会是多么微不足道。这是一个发酵的时期(Gjærings-Periode)[93],政客说,至少这不是一个作为的时期(Gjernings-Periode);这是一个过渡的时期[94],——完全正确!至少,花岗岩的组[95]已经过去很久了,沉积岩的组[96]已经完成,我们也许在很长一段时间深深地沉陷在了泥炭的组[97]中。① 或者,这是不是我们这个时代的年度大会②:这些政治性生活的公共马车,这些巴西的蚂蚁山,它们,根据一位自然科学家的介绍[98],借助于一种好几百万的集合,给出了一个与往昔纪念一个人所立的纪念碑的惊人地相似的东西:一个巨大的圆丘?或者,他该怎么在由各种互相推挤、互相冲撞以求轮流向上探出鼻子来喷出一段独白的社会性的巨头鲸③构成的整个

---

① 同样值得注意的是,新的发展在很多方面都像成形泥炭时期[99]那样让自身与其它东西区分开。

② Sed nimis arta premunt olidae convivia caprae(拉丁语:但是汗臭令那些挤压得过紧的聚会不舒服)[100]。

③ "巨头鲸持续处在一个拥挤成一团的鲸鱼群里,因为它像某些种类的鸟一样,完全是群居的。这鲸群不停地蹦蹦跳跳,这样总是不断有一些在水面之上,首先是头部,然后是尾巴,然后立即再次下水,以便为其它巨头鲸让出位子;当它们到了水的表面时,它们向空中喷射巨大的水柱,在一定距离中更容易听见而不是看见,在其它方面,按人们所能判断的看,它们是相当平静和温和的。"参看:《自然科学杂志》,由奥斯特、霍纳曼和莱恩哈德出版,第11期,第209页[101]。

政治群落之中感到舒服呢？或者说，在追求更高的东西的年轻人不得不在精神上感到法国人在俄罗斯大草原上（在那里，眼睛徒劳地寻找一个能让自己停留的点）行军[102]中所感到的相同症状的时候，在那些仍然知道自己想要什么的老人不得不带着痛楚看着个体们就像干沙在手指间离析着消失的时候，诗歌可以做的事情是什么呢？在我们这个时代，在我们每天都会经历到就像万花筒里的玻璃碎片一样被抖成一堆的个体们最可笑的组合的时候，在我们这个时代，其原则（sit venia verbo/ 拉丁语：请原谅这说法）除了是目前新教 in absurdum（拉丁语：归谬）推导[103]出来的 zum Gebrauch für Jedermann（德语：供每一个人使用的）的深刻而真挚的人生观之外不会是别的。现在，如果我们让这里的论述作为一个阅读者进入与安徒生的关系，那么它就会在其审美的和抽象的无力状态之中，带着其宏大的如日德兰荒野上的地平线般那样通过"不让任何一根树枝来干扰这视景"来凸显出自己与众不同的视野，——借助于自己的、在极大的程度上适合这些可能性的结晶形式的、并且"在根本上模仿创造性的'要有'[104]"的判断（这是一个令人感兴趣的东西可从中出现的点，这是极漂亮的质料[105]，或者"无限的"vice versa/ 拉丁语：反之亦然[106]）——必然地只对我们的诗人起到很少的激励性的作用。因此，如果安徒生早早地沉陷在自身之中，他就也会早早地感觉到自己像有用的谷物中的一朵多余的矢车菊，遭拒绝而退返到自己身上，而且因为他以这样的方式被不断往下推压进他性格的漏斗，在他原本的感伤心境通过这种反思而将自己变为对世界的哀戚和怨恨的情况下，他的诗意力量，在它们的自我消耗着并通过自我消耗来生产着的活动中，更多地表现为一次又一次燃起的轻柔的火焰，而不是，像一个意义更为重大的人格的情形那样，作为一种地下火焰，通过自己的爆发来令世界感到害怕；因为，安徒生是永远都不可能成为海涅[107]的，不能成为海涅，因为他既缺乏后者的天才又缺乏后者对基督教的愤恨。至于安徒生与哲学发展的关系，要么哲学发展会在其意义更为重大的形态中指导他去进行更严肃的研究，要么它能够把他接受进那由助手们排成的无限的队列中——他们从黑格尔开始一只手接着一只手地投掷哲学砖块，并在他退出这项活动时奖给了他一个匆匆取得的成果，这成果因为不断更替换新的缘故能够在短时间里成为过于无聊乏味的社交谈话中的相当辛辣的调料。然而，这种发展却是他根本就没有接触到过的，且不管这种接触对他会是有害还是有益。

现在，在我们要进一步并且想在安徒生与我们前面所谈的当今短篇小说文献的关系中追踪安徒生的时候，我们

论作为长篇小说作家的安徒生　　23

还是想要在一般的意义上暂时先说明一下：安徒生之所以没有太多地从这些他本可从中获益甚多的文献中获益，这原因我们首先必须到如下这一事实之中去寻找：他不是为了自己个体生命的缘故、或者出于更普遍的审美上的兴趣作为读者而进入与这些文献的关系的，不，他所考虑的东西是由一种正在形成的短篇小说的生产能力[108]决定的。就他与《日常生活故事》的关系来说，我们理所当然地能够把他看成是属于前面提及的那些误解着的读者，他们除了通过别的因素以外，尤其是通过这些短篇小说而被带入一定程度的反思中，然而，这反思绝不会在很大程度上深入。就他与布里克尔的关系来说，我们无疑同样有足够的理由声称，布里克尔短篇小说中包含的直接性的民间诗歌，当然还有别的东西，已经把安徒生注意力引向了民间流行的东西，但在安徒生的作品中，这民间流行的东西并没有因此以诗性的充实被重新赢得；相反，他以纯粹外在的方式使用了它①。现在，如果我们再加上这样的诱惑："去生产"而不是"去发展自己"，去以各种斑驳多彩的图案隐藏起内

---

① 看这种以精神上的贫困为条件的对诗的资产（传说等等）的消耗、对这些东西的不断重复——却想不到要去彻底感受它们之中更深刻的诗性的东西，这样的事情在当代文学中是如此地普遍，——在总体上说，这是可悲的事情。

心的空虚，去进入没有任何再造的生产[109]，——如"对沃尔特·司各特[110]以及这样的一些长篇小说作家的阅读"对于像安徒生的发展得如此微弱的性情来说的诱惑，那样，我们肯定是不会对这样的事实感到奇怪的：他不是去完成自己的反思，而是相反把自己关闭在它的一个非常狭小的空间里；我们不会对这样的事实感到奇怪：当我们在这些生活的不同的情况中一贯地拒绝安徒生时，会有一个现象出现，这现象会为一系列现象提供一个非常好的范例。

如下当然是无法否认的事实：安徒生短篇小说的每一位留心的读者都会以一种奇怪的方式因（正如在我们的剧院的夏季演出[111]中的情形）在安徒生所有小说中起着主导作用的双重光照（Zwielicht[112]/德语：双重光，黎明，黄昏）而感到不安；——面对这一事实，在打算进一步要将安徒生标示为长篇小说作家的时候，我们就有必要对"一个人必须以什么样的方式去想象这些长篇小说在诗性的意义上进入存在"这个问题作更进一步的考察。就是说，一大堆确实是诗性的愿望、渴慕等等，在长久地被散文性的世界压抑着地关在了安徒生的内心中之后，寻求走出去，跑到那个唯有诗性的性情方可进入的小世界，——在那里，真正的诗人在生命的各种逆境之中庆祝自己的安息日[113]。但是，这些东西还没有真正被运送进那个世界并在那里融入各个新的个体,其所属的小精灵就已经大声地宣告自己到达了那个地方[114],换句话说就是,一大堆的令人消沉的生命感想,要么以"盲目的命运"的形式,要么以"世界(就是说现实的世界)中扼杀善的邪恶"的形式,在安徒生睡着的同时,以福音书中说的蓟那样的茂盛[115]成长起来。安徒生徒劳地努力挣扎,可是,他时而放弃这些努力,时而转向跑到对立的那一面,并且,就像他对现实世界感到沮丧而不满那样,他就仿佛是要在自己的各种诗性创造物的灰心丧气中为自己的心灰意懒寻求满足。因此,就像拉封登[116]那样,他坐着为他那些必定进入毁灭的不幸的主人公们哭泣,为什么?因为安徒生就是他所是的那个人。安徒生自己在生活中进行的同样无趣的搏斗现在就在他的诗中重复着。但恰恰因为安徒生以这样的方式无法将"诗性的"与自己分割开,恰恰因为他(可以这样说)无法摆脱它,恰恰因为诗性的心境刚一获得发挥空间,不管他是否愿意,这心境马上就会被"散文性的"淹没,恰恰因此,要从安徒生的那些短篇小说中获得一个对之的整体的印象,是不可能的;恰恰因此,"读者被置于最特别的、与安徒生想要的心境完全不同的心境中",则是可能的,因为,他的虚构(Digt)像现实一样压迫着(因为各种被叙述为现实的细节的整个集合会引起读者的兴趣,因为人们必须在叙述的个体身上预设"贯穿所有这些的、解说一切的叙述者自己的意识中已有的基本想法",而这一基本想法则是诗人〔Digteren〕应当首先去赋予生命的东西),而他自己的现实,他自己的个人,则把自己淡化成虚构,这样,在一些个别的瞬间,人们真的禁不住会以为安徒生是一个从某个"由诗人构思出来的尚未完成的人物群"中跑掉了的人物;确实,如下这点是不可否定的:安徒生可以成为一首诗(Digt)中的非常诗性的人,而在这种情况下,他的全部诗歌创作恰恰将会在其碎片般的真相中被解读。这印象很自然地重复其自身,哪怕人们让一种反思作为对于"事实是相反的"的持恒的 Memento(拉丁语:征兆、提醒)登场,并且,这印象带着一种像笛卡尔娃娃[117]一样坚定不移的顽固大获全胜地走出每一场与这反思这样的搏斗。

现在,正如我们在这里论述的内容将为我们的关于"安徒生与叙事性发展的错误关系"以及"他的以这错误关系为条件的,但从另一方面也在其肤浅性中展示出的生活中的不可屈性"的表述的正确性提供必要的内在补充证据,同样,如果一个人一方面把我们在这里论述的内容作为临时的抽象结果 in mente(拉丁语:记在心里),那么,在他通读安徒生的一部或几部小说时,这内容就会分裂成大量的带有附属的 dicta probantia[118](拉丁语:证明着的陈述)

的单个评述，这样，我们就应尽可能努力"不让这些单个的评述如此地到处飞舞，而——铭记着那位拉丁语作家意味深长的 revocare ad leges artis[119]（拉丁语：符合艺术规律）——让它们进一步向前集聚起来"来进行对抗，这样，读者甚至能够在这些单个的评述极度散乱地相互分裂开的情况下，仍不时仿佛会听见"向中间集聚"[120]的口令在把它们召回来。

现在，我们说安徒生完全缺乏人生观，这一表述在前面的内容中被证明，正如它自身在被展示于其真相中时证明前面的内容那样。因为，一种人生观不仅仅只是诸多命题的总体或者集合，被固定在其抽象的不确定之中，不，它是更多；它不仅仅是那就其本身而言总是原子性的经验，它是更多，就是说，它是经验的实质之变，它是一种从所有经验知识中赢得的不可动摇的确定性，不论这种确定性只是在所有世俗关系（比如说，一种单纯的人类的立场，斯多葛主义[121]）中有过定位（它通过这定位来保持自身不与更深层次的经验知识有任何接触），还是它在定位中在自己的向着天国（"宗教的"）的方向上，既为自己的天国中的存在，也为自己的尘世中的存在，找到了中心，赢得了真正的基督教信念："无论是死，是生，是天使，是掌权的，是有能的，是现在的事，是将来的事，是高处的，是低处的，是别的受造之物，都不能叫我们与神的爱隔绝。这爱是在我们的主基督耶稣里的。"[122] 如果我们现在看一下安徒生这方面的情况，那么我们会发现这情况就像我们预期的那样：一方面，各种单个的命题就像各种"有时候是虔诚之心所敬畏的对象"的象形文字[123]①一样突出；另一方面，他详述了自己经验中的各种单个的现象，这些现象有时又被提高成为命题，并在这时要被归入前面讨论过的类别，有时更多地是被获取而归入"作为被体验的"这一边，但人们并不因此就能够理所当然地——只要这些现象仍处于胡椒单身汉[124]状态——从它们中得出任何进一步的结论。现在，如果人们说，我们所描述的人生观是一个人们只能逐渐趋近的立场，对安徒生这样一个如此年轻的人提出如此高的要求是不公平的，那么，就第二点而言，在甘愿承认安徒生是一个年轻人的同时，我们仍然要提醒一下，我们只讨论作为长篇小说作家的安徒生，并且 anticipando（拉丁语：预先地）补充说：一种这样的人生观对于安徒生所属等级的长篇小说作家[125]来说是 conditio sine qua non（拉丁语：不可或缺的条件）；关于第一点，我

---

① 这种立场极其常见，人们通常能够——甚至在谈话是围绕着最无关紧要的对象时也是如此——通过"从一个'基本原理'出发"的倾向来认出属于它的种类。

们乐意承认一种完全意义上的趋近，但也在后果套上我们的脖子之前及时说停止，这后果让我们的所有考虑变得无意义，它就是：严格意义上的人生观（demum/ 拉丁语：最终）在一个人的死亡时刻才出现，或者甚至也许在某一颗行星上出现[126]。如果我们现在问，这样的人生观是如何形成的，那么我们回答说，如果一个人不允许自己的生活有太多的失败（futte ud）[127]但又尽可能地寻求将生活的各单个的表达重新引回自身，那么对于这个人，必然会有一个瞬间出现，在这瞬间里有一种奇怪的光遍布生活，而根本无需有人因此对所有各种可能的细节有丝毫的理解，不过，对于"对之的逐步理解"，人们倒是有着钥匙。必定会[128]，我说，有这瞬间出现，在这瞬间里，正如道布所说的，生活通过理念向后倒退着地被理解[129]。如果一个人还没有达到这一点，是的，如果一个人甚至完全没有理解"这意味了什么"的能力，那么，他就会装模作样地为自己设计出一个生活的任务：这要么是借助于"这任务中的问题已经被解决了，尽管它在另一种意义上从不曾构成问题——如果我们可以这样说的话"，要么是借助于"这任务中的问题永远不能被解决"。作为更进一步的确证，现在这两种情形在安徒生那里都能被找到，因为这两种观点都是既以借用的命题[130]被表述，又在一定的程度上在各个单个的诗性的人物之中被阐明。就是说,一方面我们读到,在每一个人身上都写有弥尼、弥尼等[131],与此相似,个体出现了——这些个体的真正任务处在他们身后,但这并没有因此就帮助他们进入"对观察生活来说是正确的"的姿势:"向后的姿势",因为这个任务,更像是一个已放置在他们背上的驼峰[①],因此,在真正严格的意义上,他们永远都不会看见它,或者在精神意义上说,永远都无法意识到它,除非安徒生为了有所变化而把一种干扰整体解读的意识放置到他们之中——他们这些个体就像其它天体一样,带着一种无偏差的准确走在他们曾经被指派的路上;或者,另一方面[132],安徒生在各种与其说是好高骛远倒不如说是冗长繁复的观想之中迷失了自己,这些观想的主人公是一个伟大的漫步者[133],他因为没有任何必要的理由在任何地方停下,因为存在相反总是一个圈子,结果就绕起了圈子,尽管安徒生和其他在山上住了[134]很多年的人们相信他在直行,因为大地像一张煎饼一样平坦[135]。在这两个立场之间,就是说,在这两个立场的统一中,有着那真正的中点;但是由此绝

---

① 比如说《O. T.》[136]

Was ich nicht weiß, macht mich nicht heiß, so denkt der Ochse, wenn er vor dem Kopf ein Brett hat. Cfr. Grabbe.[137](德语:我不知道的事情不会让我不舒服,牛的脑子不管用,它就是这么想的。参看格拉布。)

不会得出这样的结论：各种新的现象不会通过一个新的矛盾（Inconsequents）出现，请注意，这新的矛盾并不取消前一个矛盾（那样的话倒会是最幸运的）；比如说，安徒生突然中断他们无畏的跋涉，任意惩罚他们，割下他们的鼻子和耳朵[138]，把他们发配到西伯利亚[139]，然后我们的主，或者其他愿意的人，就得照顾他们。

但是，这样一种人生观对于一个长篇小说作家是绝对必要的吗？或者有没有某种诗性的心境就其本身能够与一种有生命力的描述结合在一起做成同样的事情呢？我们对此回答的绝大部分处在我们之前关于布里克尔论说的东西之中，在其中我们尤其试图指出"这样的来自心境，并由读者通过一系列修改在一种整体画面中解读出的统一体"的意义；另外，我们还想要，在"有人想要为无数个在反思中给定了的立场确立出一个类似的观想"（在这一点上一个人必须记住：从生产能力角度看，所有这些立场在本质上起着消减作用并越来越多地让本原的心境挥发掉）的情况下，只补充一点：从所有这些立场来看，要进行生产固然是可以的，但是当一个人对自己给出的各种称呼有点挑剔时，他还是会更愿意将它们称作"为写短篇小说而进行的研究学习"，而不是短篇小说，相应地，在这个水准上，正如人们为自己设定严格意义上一个短篇小说的或者长篇小说的任务时不成功那样，这生产在同样的程度上也会是不成功的。也许有人想要更进一步，因为他指出在安徒生的小说中仍不断出现一个观念（既然我承认这一点），所以他想要强调安徒生也有一种人生观，并且摈斥我的看法，认为我前后不一致。对此我必须回答说，我从来不曾声称这样一种观念（尤其是一种固定想法[140]）是能够被视作人生观的，而另外，为了让自己进入这一考察，我必须更进一步知道一点这个想法的内容。如果这个想法是"人生不是一个发展过程，而是'那将要发芽的伟大和卓越的东西'的毁灭过程"，那么我想我确实有理由抗议将"人生观"这一名称运用于此[①]，只要人们同意我在"就其本身而言的怀疑并不是认识论"这一点上的看法，或者，为了继续停留在我所谈的主题上，可以这样说：对人生这样的不信任确实包含着一种真相，只要它帮人找到信任（例如，所罗门说凡事都是虚空[141]时的情形），但反过来，在"它把自己认定为对人生问题的最终决断"的同一时刻；它则包含着一种谬误。但让我们继续吧。我们将暂时假设：人们有理由将"在反思中被随意地中止的，现在被强化成最终

[①] 为了使这问题保持尽可能清楚，我必须提醒读者，这不是我在强调一种人生观而安徒生强调另一种；相反我仅仅是在努力（对任何特定的人生观不感兴趣）与这种否定的立场及其"试图将自身说成是人生观"做斗争。

真理"的观想称作是人生观；我们将想象一个因极度动荡的时代而颠簸漂泊的个体，最终为自己选定了这样的立场；我们将让他生产一些短篇小说。它们全都将获得一个胎记；如果他在某种程度上经历过许多事情，如果他在某种程度上真正地参与了生活的盛衰变迁，那么，他就也能够在他的短篇小说中以同样的程度把整个"指向其主人公最后毁灭[①]"的可怕后果展示出来，人们会在很长一段时间内在同样的程度上禁不住想要相信"他的人生解读是真理"。但安徒生的情形是这样的吗？无疑没有人会持这样的断言。相反，安徒生跳过了严格意义上的发展过程，在其间放置了相应的时间间隔，首先他尽自己所能地让人看见那些巨大的力量和禀赋，然后是它们的破灭（Fortabelse）[②]。不过，在这里，人们肯定会同意我们的看法，这不是人生观。为了进一步澄清我们的观点，我们只想补充一点，这样一种"破灭"理论可部分地出自一种被严肃地做出但没有成功的"去领会世界"的尝试，这由于这样的事实：那因世界而沮丧的个体——尽管长期努力抵抗——最后终于屈服；或者，这可以由于这样的事实而招致：一个人在第一次从反思中

[①] 这最后的毁灭在怎样的程度上是在诗性意义上真实的，这一点是这样的个体无法正确地判断的，因为他缺乏严格意义上的综观。

[②] 人们几乎会忍不住要求他展示这人物的身份。

觉醒时不是向外投出目光，而是让目光立即进入自身，在其所谓的对世界的思考中只是准确地完成自己的受苦过程。前者是失败的主动性，后者是本原的被动性①，前者是受了挫折的男人性，后者是完成了的女人性。我们回到我们的主题上：通过对"人生观对于长篇小说和短篇小说作者之必要"的简短提示，来论述安徒生在这方面的情形是怎样的。人生观严格意义上说是长篇小说中的主旨；它是小说的更深层次的统一，它使得小说具有重心；它让小说得免于"变得随意或无目的"，因为其目的内在地处在这艺术作品所有的地方。相反，当缺乏这样一种人生观时，这长篇小说要么以牺牲诗歌为代价来传输某种理论（教条性、教规性的短篇小说），要么"与'作者之血肉'只有有限而偶然的关系"。然而，后者可以通过大量各种各样的不同修

---

① 安徒生似乎也确实把这样的本原的被动性看成是属于天才的。见《只是一个提琴手》，第 1 部分，第 161 页[142]："天才是一颗需要温暖、需要得到幸运之受精的卵；否则它就变成了一颗无精卵。"第 1 部分，第 160 页："他在自己的灵魂中隐约地感觉到了这珍珠，这艺术的荣华之珠；他不知道它就像海里的珍珠那样，必须等待那将它带上来置于光下的潜水员，或者紧紧抓住贻贝和牡蛎极高程度上的资助扶持，才能以这样的方式来被人看见。"这是一种完全特殊类型的天才，甚至在古代世界的古典主义中，他们就从朱庇特的头中全副武装地蹦出来的[143]。因而，天才需要温暖！ 天才必须走裙衫之道[144]！让我们不要不知感恩地对待我们所拥有的天才，让我们不要令年轻人的头脑困惑！

正来发生，从人格中更大才华的情不自禁的流溢，一直到"作者也把自己描绘进去"，就像风景画家有时喜欢做的那样，是的，他们甚至忘记了"这只有在'人们将之解读为处境'的情况下才有意义"，因此完全忘记了风景，以自己虚妄的所罗门式的——适合于花类而不适合于人类的——豪华荣耀[145]精心描绘自身。（当我在这方面比较各种教规性的长篇小说和各种主观性的长篇小说之间的对立时，我很清楚地看到，只有通过进一步的细分，这些小说才能够被相互联系在一起，因为教规性的长篇小说与人格也有着偶然的关系，既然它们的作者能够通过一种偶然的意志定性，默认他们尚未充分体验的各种陈述。）然而，尽管两类小说都与人格有着一种有限而错误的关系，我却绝不认为长篇小说应该在某种散文性的（prosaisk）① 意义上从人格中抽象出来，我也不认为，人们从另一个立场出发能够有理由对长篇小说提出各种类似于对严格思辨提出的要求；相反，诗人自己必须首先为自己赢得一个有才华的（dygtig）人格，那应该并且能够进行生产的，只会是这一"以这样的方式死亡并变容了的"人格，而不是多边角的、世俗的、

---

① 正如"不偏不倚"这个词的情形那样——这个词在我们不冷不热的时代差不多标示了如下这一点（这是人们很久以前就已经将之作为自己的立场而给出的）：要是既非偏倚的又非不偏不倚的。

明显可知的人格。"为自己赢得一个这样的人格"有多么困难，也可从这样一个事实看出：在许多本该是有才华的长篇小说中，会有"作者的各种有限性格特征"的残余，这一残余像一个无礼的第三者，像一个没有教养的孩子，经常在一些不适宜的地方参与谈话。现在，如果我们将上面所谈论的这些应用于安徒生，那么我们有理由相信，"安徒生一直是这样的，他一直是他自己，等等"这一相当普遍的对话判断让我们可以把他算作是属于"给出一种出自'他们自己的只是现象学意义上的人格[146]'的非诗性的附加物"的长篇小说作家（这样的做法，与其说是"以这对话判断为依据来进行论证"，倒不如说是"诉诸于这对话判断"），但我们并不因此认为他有一种极其强有力的意志决定，以至于这一意志决定阻碍他也在那些"教规性的短篇小说"的领域之中徜徉（不过他的徜徉，却不是以这样的方式——诸如"他有某种更大的理论要强调"，相反倒像上面所展示的那样，是作为对于某些特定句子的偏爱和高估，——作者将这些句子置于极其严格的独身生活中，以至于对之没有什么可说的）。以这样的方式，安徒生的长篇小说怎样鲜明地与他的个人处于错误关系之中，对此人们最好是通过再造出他那些长篇小说所留下的总体印象来弄清楚。我们绝不认为单个个体在小说中遭到毁灭是错的，但

论作为长篇小说作家的安徒生 37

这必定只会是一个诗性的真理,而非像在一些诗人那里那样,是一种教育之 pia fraus[147](拉丁语:虔诚的欺骗),或者像在安徒生那里那样,是最终的意愿;我们绝不在任何更大的意义上,在他诗性地创造出的诸个体中的每一个单个个体身上,要求对于生活的理智性和清晰性,相反,在事情完全糟糕的情况下,我们会认可他以全部的权力去让他们变得疯狂;只是这事情不能以这样的方式发生:你不可以用第一人称身上的疯狂来取代第三人称身上的疯狂,作者不可以自己去接管并进入疯狂者的角色。在一部长篇小说中,必须有一种能够在这一切中存活下来的不朽精神。然而,在安徒生那里则完全没有可供攀扶之处:当主人公死去时,安徒生也一起死去,他至多从读者那里强逼出一声对他们俩的叹息,作为最终的印象。

在以这样的方式多次谈论了安徒生的个人和人格的同时,我打算,——作为对于只有通过误解和误读才可能出现的反驳的回应,就仿佛我在这里因为谈论作为人的安徒生而越出了"我的审美权限区域以及那在此区域中得到承认的能力"的界限,——我只是打算(不诉诸于"我几乎不能算认识安徒生[148]"这一事实)说明一下,由于严格意义上的诗性创作,尤其是在短篇小说和长篇小说的领域,绝非他物,而只是"在一次幂[149]中已经以各种各样的方式诗性地被体验的东西"的丰实的、"让自己转化进一种更自由的世界并在这世界之中蠕动着"的、再生产着的二次幂[150]，另外，既然人们在安徒生的长篇小说中，一方面找不到构建性的总体概观（人生观），另一方面又一再地遇到各种处境、议论等等的东西——人们确实无法否认这些东西是诗性的，但这些东西却是作为"仍未被消化的东西"、作为"在诗性的意义上（而不是在商业性的意义上）未被使用、未被吸收、未经过滤的东西"在安徒生那里存在的——，那么，人们就有理由得出这样的结论：安徒生甚至在一次①幂中都没有带着诗性的明晰②生活过，因为二次幂中的"诗性的"在总体上没有赢得更大的巩固而且在细节上也没有

---

① 我可以在这里请求某位读者注意这个注释，对于我来说，写出这个注释对于我是真正的愉快，因为它包含对一个只有比较细心的读者才会提出的问题的回答。就是说，事情看起来似乎是这样：由于我在这里没有以更强烈的表达来谈论安徒生的一次幂，我因而就与我早先的表述，即"安徒生本人，在被用进一首诗中的时候，就会成为一个非常诗性的人物"，有冲突。但对此我可以回答说，我之所以没有，并且也不可能，对安徒生的一次幂做更进一步表述，原因是：我是从他的二次幂出发进入这一次幂的；相反，一旦我开始处理作为抒情诗人的安徒生，这时我就可以说，他能够以许多方式成为一部长篇小说中的一个非常好的角色，因为作者会看见"在安徒生的梦游状态中以许多方式给予他的无意识的诗性的东西"。

② 更确切地说，安徒生的一次幂可以与雄性花和雌性花同茎生长的花相比较，这是极其必要的过渡阶段，但不适合长篇小说和短篇小说行业的生产，这类生产要求一种更深层次的统一，并因此也预设了一道更大的沟壑。

得到更多的沥滤；我说人们可以得出这一结论，并非我因此已经或将要得出这一结论，而是我只想向安徒生指出，如果他以某种方式觉得自己个人的情绪（作为在哥本哈根居住的人[151]）受到影响，那么原因不在于我，而在于他，他的长篇小说与他自身有着一种如此肉体的（physisk）关系，以至于它们进入存在更多地被视作他的截肢①而不是生产；而且人们当然知道，即使以这样的方式被截掉的肢体部分已经远远地不在身边了，一个人有时也仍会不由自主地在它之中感受到一种纯粹肉体的疼痛。

当我们不是像我们前面大致所做的那样看长篇小说的主要结构而是把目光更多地锁定在"对单个细节的处理"上、锁定在"总体上的技巧"[152]上时，如果我们想要通过呈现出的后果来追踪我们指出的安徒生的根本缺陷，如果我们想要尽可能地在"在诸细节之中寻找其证明的就其本身而言的一致性"和"被吸收进这一致性因此得以阐明的诸细节"的统一体中保持中道，那么，我们首先就要说明：安徒生是通过自己的对立面或者通过一个他者来解读事物

---

① 就是说，正如有些人像石头一样通过外在添加来长大，同样，也有一些人是通过对本原给定的东西的分割来生产的，这样，那些单个的想法就像牙齿那样渐渐脱落，只留下一个洞，在一段时间流逝之后，除了对碎片的咀嚼、对旧东西的反刍之外什么都没有剩下，相反，真正的诗意生产，应该使诗人向着内心变得更自由、更丰富、更确定。

的[153]。作为对这同一个错误的更进一步展示,我们必须提醒读者留意在政客们那里极其频繁地出现的对于各种担保的偏爱:这偏爱作为对先前推想出的"通过一道凝视的目光将对象看尽"以及对"由此流出的、从长远看相当无聊的带有末日启示的梦想"的替代,或许是某种诱人的东西,并且,这偏爱以对于"由更新近的发展带来的更活泼的见解"的参与(然而却并没有跑尽要跑的路[154])为条件,且恰恰在这种参与之中有着"其作为相对真理的有效性"和"其作为绝对真理的完全无效性"。就是说,这些政客在看这对象时,在严格意义上他们只是在对象的滥用、对象的对立面之中解读对象,因此要求有一种令人放心的担保[1],并且在尚未完成这个概念中蕴含的辩证过程的情况下就默认了这担保。现在,这种现象在各种小细节上,在"一个想法系列抑或一种生命发展没有被完全贯彻"的地方,也会无处不在。现在,考虑到短篇小说创作和长篇小说创作

---

[1] Omnia ad ostentationem, nihil ad conscientiam[155](拉丁语:一切都按其外表,没有任何东西按其良心)。这一在同样琐碎的意义上偏好于各种担保的倾向也出现在知识领域,每一个稍有一点实践经验的人无疑都经常会遇到这样的一些人,他们通过"为了思考这事情他们三天无法睡觉"的担保来佐证他们"已经达到了哲学中最深刻的成果",而且这种考虑是通向"'在某一份思辨性期刊[156]中不难找到'的成果"的初步入门。事情是这样的:就像学校里的男孩子一样,他们通过作弊偷出答案并且通过一个这样的担保来隐藏他们的偷窃行为。

的强度，正如"永恒的青春"（这"永恒的青春"不是被理解为：对"发展"的痴愚焦虑为自己所梦想出的，被童年、成年和老年限定的——被固定的青春年龄；不，在这里它应被理解为：超出所有年龄，因而也超出青春本身的充满生命活力的确定性）会是最符合人愿望的东西，同样，与此对应并且在诸真正伟大的个体人格中身上可以马上直观到的立场，作为童年、青年和成年的丰实在场，是唯一够格创作各种"在之中有一整个发展正在进行着"的虚构文学的立场。如果一个人不站在这一立场上，那么他就以某种方式把一个特定的年龄当作根本的衡量标准（这自然是不正确的，因为没有任何这样的年龄是绝对的年龄，甚至连人们通常称为最佳的年龄也不是），并且以这样的方式就不能给每个年龄其应得的地位。现在，这也是安徒生的情形。我们将举出一个更特别的例子。如果他要描述童年，我们就不会遇上各种"好像是从完全孩子般的意识中取出，并根据我们所描绘的日头至高的子午线来算计"的说词；相反，这常常要么成为各种幼稚、各种来自单个具体的童年时代的未消化的回忆，要么，也就是这里我们在眼前直接看见的东西，一个人作为成人讲述关于生活之印象，然后在适当的间隔里再加上"人们必须记住童年，记住孩童幻想①[157]之巨大的创造性力量"，简言之，他为解读之正确性提供了外在的担保，他在一个男高音部分的前面标上一个高音符号[158]。——或者，安徒生是通过一个他者来解读事物的。考虑到这一点，我们将把以下内容奉献给"安徒生总是进行比较"的一般说法。一种比较，自然只有在"它能够回到更深刻地理解'比较为之而出场'的东西"的情况下，才有其重要性。否则的话，它就会终结于"填满我们的记忆并且完全缺乏洞观"；因为，比如说，不管我是说"这里的一个城市就像意大利的一个我不认识的城市"，还是说"意大利的一个城市就像丹麦的一个城市"[159]但没有更详细地描述它们，我都没有因此而搞明白了一些什么，除非由于作者提及它们，我现在也许基于对它们的了解，并借助于自己的诗人才能，能够去扮演诗人的角色并且以诗歌的方式在自己面前描绘出一幅它们的特征的画面。举

---

① 参看《只是一个提琴手》的前六章[160]。然而，问题是，一个人是否应该在如下这样的意义上停止成为一个孩子：一个人不再能够为小事物感到高兴，因为他看到了更大的事物，后者具有无边的相对性。我对孩子以一笑待之，因为我看到了阿尔卑斯山，但是，当在穆罕默德[161]到了第七重天[162]时，他是不是应该也对一个为阿尔卑斯山高兴的成人一笑待之呢？或者，这种见解会不会导出纯粹的唯物主义呢？尖矛市民性的情形则是另一回事；这错误并不在于像小孩子那样喜欢小东西，而在于尽管在它的意识中有着对立，但却仍抓着小事物不放，并声称它和大的事物一样好，抓着这个句子不放并而因此忘记去享受小事物；而这后一方面恰是错误的。

一个对此的例子，我觉得是没用的。——如下的做法是早先在文学中表现出来的便利，比如说，以各种来自古代希腊罗马时期的名字来标示同时代的诗人和作家，以为由此定义出了他们的特征。不过我还要补充说，我这样做的原因是：安徒生在跳过自己的叙事创作时，也跳过了对于一切描述都是绝对必要的"沉思"。

然而"这种'要么在同样错误的僵滞之中迅速地失去自身、要么在每个实在内容的方向上作为被虚构出来的——作为仅仅原地行军而表达着自身'的移动性"的出现，却绝不是要阻止故态复萌[163]，乃至相反，它借助于故态复萌惯常的恶化而使故态复萌变得必要，换句话说，这种移动性是"对单个对象的坚定不移的凝视，就仿佛全世界都存在于其中"——这是一种我们更愿意标识为"安徒生的作为对于真正诗歌的替代品的迷信"的现象。我们不想在这里以这种迷信在安徒生那里通常体现出的方式来谈论这一迷信，因为我们在前面已经从另一个方面描述过它，因为通过展示"安徒生缺乏人生观"，从严格的意义上说，我们就必须去寻找"他的那些个体在世界之中、在他对世界的不信之中成为乌有"的原因；然而，从另一方面看，这恰恰是对那些个体的迷信，对他的诗性的主人公的天才和能力的迷信；但是，如前所述，这只有在情节处理中、在对细节的安排中显现出来的情况下是如此。现在，这一迷信既体现在他对某种令人沮丧的境况——甚至是在各种环境在最大程度上向人微笑的时候的一个单个的小小的羞辱——的重视中，体现在他赋予这些环境的"甚至能够压迫真正的天才（如果我们停留在《只是一个提琴手》上：克里斯蒂安①事实上就是这样的天才）"的力量中，——这之中包含着对"天才的权力和天才与各种逆境的关系"的错误理解（因为天才不是一盏在风中熄灭的小灯，而是一场"风暴只会将之引发出来"的大火），其原因在于：安徒生所塑造的不是一个在搏斗中的天才，相反可以说是一个泪包，关于这泪包，小说向读者保证了"他是一个天才"，并且他与天才唯一的共同点就是：他遭遇了一小点的逆境，而且另外还值得一提的是，他甚至屈服于这逆境；——这一迷信也体现在[164]：为一单个的偶然事件添加上对整个人生而言隐约地有预示性的意义，这是某种在这个或那个真正有天赋的个体的发展过程中可能会发生在他[165]身上的事情，因为他，由于其病态的烦躁性并且由于缺乏对自己的进程的概观，忍不住会赋予一个偶然事件过多的意义，某种"因此也能够在诗性创作中具有其意义，并且在

---

① 第1部分，第156页。[166]

虚拟语气中也可以是真的,但在直陈式中变得不真"的事情,因为在这样的情况下它不会让自己被带入与"在严格的意义上被诗性地改正的预感(这预感恰恰因为肯定地拥有着整体的全部,因而永远不会被单个的细节迷惑住)"的谐和之中。

然而,在我进入到对《只是一个提琴手》的更具体的讨论之前,我必须要求我的读者再关注一个部分,我想给予这个部分一个这样的标题:"安徒生的偶然事件"。我这样做,并非是仿佛前面的从更一般的审美立场观察到的两条歧路会显示为偶然事件,而是因为它们与安徒生的整个立场有着如此本质性的关系,所以它们能够在这一关系中被最好地解读,从而也提供了恰当的相对性,在这种相对性中,我将能够准确地描述这作为偶然事件的由各种令人心烦的评论(对稍稍关注安徒生的长篇小说的读者来说,这些评论使得这些小说中的道路变得无法走通,我这样说并且这样写:无法走通)构成的整个丛林[167];因为安徒生的长篇小说,就像其它工厂产品一样,无法从显微观察那里赢得什么东西,而总是一直在丧失着。我这样做不是为了针对"人们可以在严格的意义上称作是篇章"的东西,因为这个点一直是其他人的讨论的对象,因而无需进一步的谈论,并且它在前面与之相关的段落里已经被触及了；我这样做不是为了针对"人们也能够将之算作是篇章"的东西，一种看起来仅仅是为了延长时间而对某些细节所做的罗列，因为这种罗列没有进入与主要人物任何更深层次的有机关系，而且它①因为缺乏任何有弹性的力量，无法像通过对隐藏着的弹簧的猛压那样地一下子出现在我们面前，因此只有令人不舒服的东西，令人不由自主地想到了一个秘密的昼夜观察记录；不，我针对的是，以"诗人安徒生与他个人和与'对于一个长篇小说作家是不可或缺的'的知识储备的错误关系"为条件的不确定性，以及以此[168]为条件的"手的颤抖"，它使得他的笔不仅弄出墨迹污点而且还弄出八卦，并且如此凸显地标记了他的风格，以至于这风格因此而难以被模仿。现在，在概观向我展示的一大堆东西的时候，我尽管以一种特别反讽的方式，感觉到自己既如此丰富又如此贫乏，我说如此贫乏，因为我几乎不知道自己该从哪里开始或在哪里结束，——然而，我还是在先前提出的看法中看见了一条出路，即：这一切的根源在于他与自己和与不可或缺的知识储备的错误关系。我将遵循这一划分并努力在选择中挑出相对比较有趣的并且在

---

① （我希望一了百了地指出，我是从《只是一个提琴手》中取例子的，因为我手边有这本书。）见第1部，第146页，第1部分，第141页；人们会认为那些相关的个体的精神服饰是从某个诗性的拼布缝衣裁缝那里订制的。

提供证据时尽可能地短的。现在,由于我把第一个错误关系标识为偶然的心境,那么按照我们对安徒生观点的了解,要弄明白这种偶然的心境——考虑到其内容——是如何构成的,就也会是相当容易的,因为它必然会带有安徒生之基本观点的印记,这基本观点就是:对世界的不满;因此,在我接下去用正确的名字对它进行施洗命名之前,我只是想要提醒一下读者,我之所以称它是偶然的,原因绝不是因为它与他的其它观点有本质的不同,而是因为我在这里特别关注的是它的各种表述,这些表述在对单个细节的呈现中令人心烦地进行干预,并且这些表述因此也完全是可以避免的——不管人们多么认同安徒生的不满,是的,甚至安徒生本人想来也会承认这些表述是偶然的。要描述他在这些"'对世界的不满'之偶然表述"之中对世界的不满,我不知道除下面这个表达之外还会有任何其它表达:耿耿于怀的愤懑。就是说,真正有才华的长篇小说作家在叙述过程中可说是只通过一句模棱两可的表述就如此强有力地唤起读者对这长篇小说中的某个人物的印象,以至于这人物在这时突然重新栩栩如生地站在他面前,而且也许比以往任何时候都更清晰,简而言之,由一根肋骨为我们创作出整个个体[169];然而,安徒生远未能做到这一点，甚至在他自己引入另一个发言者的情况下（这时他所要做的事情就是：在根本上保持让自己驻留在这另一个人的性格之中），他仍不能保证自己能免于这样的事情：他这种对世界耿耿于怀的愤懑突然为单个表述打上底色，并把自己（与诗性人物毫无关系的）对世界不满的色调赋予这表述。然而，比起我们现在紧接着要描述的观点（在我看来，这个观点是如此奇怪，以至于我只希望我能成功地完整而全面地描述它，以便它能够在我手中得以完成，可供某个心理学意义上的艺术珍藏馆[170]来收藏），这种偶然的心境与他的其它观点有着更紧密的关联。就是说，如下这样的事情并非只发生一次，而是许多次发生：安徒生在叙事过程中失去了自己诗性的平衡，从而让他的诗性人物从他虚构者的创造之手中掉落出来，这样，这些诗性人物在真实的存在（就像他的存在一样地完全有效）中甚至将自己置于他的对立面。结果，在这时就出现了一种特别的关系。于是，这些个体在每一个这样的时刻都不再仅仅是虚构的人物，现在安徒生进入与他们的关系，就像进入与我们这地球上的其它生物的关系。也就是说，一方面他对某个个体（这个个体大多数情况下固然是他的主人公，但他现在更多地是将之视作他感兴趣并且一有机会就试图将之推到世上的当事人)怀有一种全然世俗的爱,——正如每一个按安徒生的看法缺乏"按义务应有的关注"的人[1],甚至在这关注绝非是"按义务应有的"以至于"去关注就是没有道理的"的情况下,都因为作为诗人的安徒生被赋予的绝对权力(可让他为所欲为),不会不受惩罚;另一方面,他变得对他长篇小说中出现的其他人

---

[1] 见《只是一个提琴手》,第1部分,第150页,克里斯蒂安第一次来到舞厅;书中写道,"他手里拿着帽子朝各个方向礼貌地鞠躬。没有人留意到这个。"然而,这其实并不多么奇怪(当一个船上的男孩走进舞厅混在水手们之中的时候,他或许更多地是面临着被扔出门去的风险,在这样的情况下,小克里斯蒂安可以因为没有人留意他而感到高兴了);远远更令人奇怪的是,读者的注意力被引过去,并且这甚至不是通过克里斯蒂安的嘴,这甚至不是通过克里斯蒂安被人听见,因为,如果是通过克里斯蒂安被人听见,这还说得过去,因为毕竟他是一个虚荣的家伙;但安徒生是做出说明的人,并且他也许还想要让舞厅里的人们马上看见这位伟大的天才(第1部分,第156页)。他探访了丝缇凤·卡瑞特[171],他离开时,"其他几个少女从隔壁房间进来;她们穿得很轻浮,就像她,她们听着故事并笑着,以愚蠢的眼睛看着这男孩。"我不想谈论:我是怕在整个故事结束时,我们都以同样愚蠢的眼睛看着克里斯蒂安,只要人们将这"愚蠢的眼睛"理解为那些看不出[172]"克里斯蒂安是伟大天才"的眼睛;我只想问:谁在做这说明?不可能是克里斯蒂安,因为我认为克里斯蒂安不会是如此顽劣的男孩,以至于在这馆[173]里,在他享受了人们的关注(第1部分,第151页)的馆里,在丝缇凤·卡瑞特曾笑他并做了改正的馆里,在他至多会因她们笑他而生气的馆里,会想到她们"用愚蠢的眼睛"看他。生气的人再次是安徒生。我很清楚地感觉到,每一个这样的单个段落是多么缺乏说服力,因此我必须总体上为自己想象非常通晓安徒生著作的读者们。

物极度愤慨[①]，对他们如此直言不讳，以至于人们会认为如下这点对于安徒生很重要：必须到这个安徒生所属的，但却没有他们任何事情的世界中，摧毁他们的安逸生活。在接下去描述第二个错误关系（我将之标示作偶然的知识）之前，我想要提请注意，有一个"诸偶然性"的阶段，它也许能够适当地构建出从上述状态出发的过渡，它就是：诸偶然观念联想（Idee-Associationer）[②][174]，因为这些观念联想既能够从人格这一面得到解读，这人格被视作对其思想没有控制权的人格；也能够从思想之对象这一面得到解读，

[①] 就像可怜的尼尔斯[175]的情形，安徒生似乎好几次都变得对他非常愤怒，我确实期待着，什么时候，就在他的愤怒中，他会像许多作为一家之主的担忧的父亲那样大喊出来，"这孩子真是个让人难以忍受又不得不忍受的讨厌鬼，这个尼尔斯，他总是不让克里斯蒂安安宁。"他对待帕特曼牧师[176]的方式，用最温和的话说，同样非常不恰当。而娜奥米作为对如下这一事实——"克里斯蒂安在这个故事中，按照安徒生的想法，必定在与如此幸运的女孩的鲜明对比之中被毁掉"的补偿，也没有免于针对她的发作和表白[177]，在这里他仿佛是对那些落在她身上的不可思议的好感感到不耐烦。

[②] 例如，第2部分，第113页："她的（娜奥米的）纤细的手指翻着一本书的书页……这是《巴勒的教学书》[178]，抑或是《赞美诗》，新的改进过的版本，散文性的双手从之中摘取了诗歌芬芳的叶瓣[179]？"这一最后的说明与处境完全无关，并且来自于：安徒生在提及赞美诗时想到了因此而在国内流传的各种问题[180]。见第3部分，第16页："但对娜奥米来说，这听起来像是叹息和嘲弄；这是来自施皮格尔贝格潮湿监狱的寒风，这是来自威尼斯铅室的压抑的闷热。"在这里，观念联想不是通过处境，而是因"安徒生在前一页提及了 Silvio Pellico: le mie Prigioni（西尔维奥·佩利科的《我的监狱生活》[181]）等等"而引起的。

这思想之对象被视为以一种反叛的方式统治着这人物的思想对象。从这里开始，我们接下来能够谈论他的偶然的知识。也就是说，安徒生逐渐获得的大量知识，一点一点地秘密聚集起来反对他，并开始了一场革命，这提供了一个机缘，使得安徒生，并非出自他的诗人立场去决定什么应当被写进去什么不应当，而是不得不给予这大量知识"一种协商投票者"的权限；而这大量知识自然就只是将此视作是一种开始，来主动将自己构建成主宰性的权力，并使安徒生成为"遵守其命令而出版发行其各个组成部分"的代理人。众所周知，安徒生通常对他的长篇小说分章节，每个章节通常都有一个题记。即使一个人不同意我的观点，即："一个题记，它要么应该通过它音乐的力量（它在某种程度上无需是诗句就能够达到这一点）起前奏的作用，从而将读者置于一种特定情绪中，进入使得该段落被写下的节奏（若该题记是一个诗句，这就是它之中杂耍表演性质的东西）；它要么就应该以辛辣的方式进入与整个部分的关系，而不是以一个单个的出现在整个章节中的表达来构建一句俏皮话，或者是一句关于该章节内容的平淡无奇的一般陈述"，——即使一个人不同意这个观点，他还是会承认我在如下这一点上是对的，即："如果要选择一个'稍稍多于一个空洞无物的感叹号或者一个像医生通常在处方上写的符号那样的图标[182]'的题记，需要有很好的品位，需要在其对象之中和在心境的温度之中的高度的内在真挚"。现在，这些品质是安徒生所不具备的。通过长期忙碌于虚构写作，他手头自然有大量的 loci communes（拉丁语：普通句式）、大量的小诗句等等可供使用，现在，在一种完全松散而外在的观念联想的指导下，他以最好的方式来运用它们，并且，我能够探察出的唯一法则就是：要适当地考虑第二、第三以及类推等级的诗人[183]。在题记之后，故事就开始了；但是，那随着口头传授渐渐不再被使用的良好的旧习俗，"以咳嗽清喉来开始每个段落"，则是安徒生作为一名作家已经养成了的习惯。也就是说，章或节通常以某句聪明机智的短句① 开头。然而，这样做的原因无疑并不是因为安徒生认为这些短句在严格的意义上说出了重要的东西，而是因为这样的短句通过长期与自身的交往而无声无息地酝酿出了对自身如此深的爱，以至于它不断地寻求实现自己的定性、寻求被应用，而它之所以没有更经常被应

---

① 第1部分，第118页："驴常常踩在最好的花上[184]，人在常常踩在其兄弟的心上。"——第2部分，第150页："1820年对丹麦而言有着许多事件。国家债务爆出裂缝[185]；丹普博士[186]带着一些头脑发热的家伙，想要在国家之船上弄出一道裂缝；各种意见不合在宗教共同体中发展，每一方都觉得对立方有裂缝；在如此多如此大的裂缝中，我们不敢谈论拉迪斯劳斯[187]在很多女性心灵中所造成的裂缝。"等等。

论作为长篇小说作家的安徒生 53

用，不是因为安徒生对它的控制力，而是因为这样的一种情况：有许许多多的与它相像得一模一样的短句。这在更大的程度上涉及了那偶然的聪明机智，然而，就像所有次要的聪明机智一样，这一聪明机智是知识的对象；而在最后，我们只想把读者注意力引向安徒生的偶然的周详性[①]。那些历史方面、地理方面和统计方面的单个数据，那些单个的详尽知识之碎片，它们在没有在对主的敬畏[188]之中受约束和受教养的情况下，自然地获得了自己是如此伟大的想法，以至于它们不愿再让自己被使用，而是想要作为

[①] 见第1部分第114页："云朵的画面在下面漂游着，鸟儿张开翅膀在下面飞翔着，它在水面上空翱翔有多高，它在水下就有多深。"那守望着鹅坐在那里幻想的，是克里斯蒂安，而在这男孩的幻想中，现在出现了这句子：恰就同样深等等。这可以与他对娜奥米的宗教态度的全部考察作比较。第2部分第119页："把所有历史性的东西都消解成神话的斯特劳斯式的蒸发[189]在她那里开始了。在她那里发展出了对各种宗教事务的见解，这一见解与我们这个时代某些德国人[190]开始表达的见解，一种自由的思想相似……"第2部分第129页："在宗教方面，她的观点既不是禁欲主义的也不是希腊主义的；对于年轻的德国，她更多地是一个先行飞翔的党人"；整个考察让人想到一个法庭案件，其中出现的问题是，在宗教方面，受审讯者[191]的情况如何，因何缘故一些被唤去的乡村牧师以最大的周详竭尽了他们全部的学校智慧来谈论：

自然神论，有神论

无神论，泛神论。——

参看第3部分第86页，关于法国的宗教状态："巴黎目前没有宗教；他们忘记了圣母玛利亚，甚至几乎忘记了圣父和圣子；圣灵是唯一的统治者。你在街上看不到僧人，没有游行队伍。诗人自己在舞台上布道新教（？）[192]"。——参看整个娜奥米的旅行[193]，等等。

Selbstzweck（德语：自身具有的目的），并且因此，不管它们是否符合上下文的关联，都带着对绝对有效性的要求登场，作为"人们永远无法过于频繁地说出、因而永远不会在不适当的地方说出"的真理登场。

作为对已论述内容的延伸，我们现在可以加上一段对《只是一个提琴手》的特别的谈论，这当然本质上是保持停留在前述内容所划定的领域内，并且是保持停留在"并非以'教皇的评估定下的边界线[194]'，而是以'在概念自身之中的、固然是无形的、但却是更真实的边界线'限定出来的关于'诗性真的'的问题"之内；只是出于外观的考虑，我们才会构建出一些小小的外层保护墙[195]，来提防敌人的独立小分队[196]，这些敌人在严格的意义上并不是敌人，因为他们绝不在任何事情上与我们一致，更确切地说，他们可以被视作是一些没有归属的饶舌者，这样的饶舌者想来是不会不让自己指出：我所说的东西完全可以是真的，但由此绝不会推出"安徒生式的东西是不真"的结论，并且，当问题进入了"诗性真的"与"历史性真的"之间的关系时，这些饶舌者可能会更大声地重复同样的断言，并且使得安徒生处于两难境地：要么不得不断言他叙述的是一个历史性真实的事件，这样一来，整个立足点就被移到了别的地方；要么不得不试图回过头来，直接面对着"这故事在诗性意义上不真的"的观点,重申这故事作为"诗性的真相"的重要性。于是,问题在这里首先就会成为:作者是否真的将主要人物描述为天才;其次这问题则是:是否有足够的环节被营造出来以促成他的毁灭;并且即使这后一点得到了澄清,也还是会再次出现如下这个问题:所论及的个体是否真的是一个天才;因为,人们当然无法否认,"天才必定获胜"的观念就像是来自"先前的更好的生活"的传承财产,它在被从人类这里剥夺掉时,必定会把人类抛入沮丧。现在,严格意义上的主人公在其整个发展过程中显现在我们面前时,我们就会有这样的愿望,希望在某处有一个落脚点,一个休息的地方[197],可供我们恢复精力并回顾一下。但在这方面,他的发展道路绝不是透视性的。一方面,安徒生自己有时会停留在某个无关紧要的事件上,就仿佛我们这时是处在一个转折点上(一种"我们不可让自己在之中引入歧途"的境况);另一方面,这条道路充满了鬼火[198],这鬼火有时会诱使人相信此刻天才醒来了,有时会诱使人相信此刻他成熟了,有时候则又被各种似乎见证着相反情形的事件取代,直到我们再次听到关于"现在天才成熟了"等等的保证。然而,因为有着这样一个点,在之上安徒生带着特别的强调列出了克里斯蒂安的生活之两难,所以我们就会在这个点上停下,以便在综观前面所谈的东西时，看一下：这一两难是否真的有理由被列出，或者，安徒生是否在想要欺骗我们，抑或同时既欺骗他自己也欺骗我们。这地方是在第1部分，第60页，可以被视为相当简要地包含着安徒生的全部被动性理论，他对天才等等的全部观点，因此，我们将之在下面重印出来。

"民间有这样的信仰，小檗[199]花粉对谷物来说是一种毒素，沉甸甸的谷穗会被销蚀性的锈病染出斑点。最高贵、最耀人眼目的白罂粟在一年之后，如果处于色彩斑斓的花丛之中，会改变自己的颜色。那在基本元素的发展过程中改变这基本元素的无形的手，叫作环境。

"雕塑家以软粘土塑形时，我们不会马上明白将被创造出的会是什么样的作品。在石膏模型出现之前需要花费时间和工作，在这之后通过凿击大理石活过来了！而从孩子身上推导出他作为成人的发展和命运，又在怎样的程度上更艰难啊。在这里我们看见了斯文堡的这个穷男孩；他身上的本能和外界的影响，就像磁针一样只指向两个完全相反的方向。他必定要么成为一个罕有的艺术家，要么成为一个悲惨而困惑的可怜虫。周边环境里的花粉已经以其香气和颜色产生着影响。

"音乐之神已经在摇篮中吻了他，但时间女神的歌声[200]到底会带来热情还是疯狂？它们之间的界限只是一面薄墙。

也许,他将引起成千上万人的钦慕,抑或,也许他就只是在这个可怜的小酒馆里,用胳膊下的小提琴,作为一个老人为狂野粗暴的年轻人们演奏那样,被当作一个带着各种梦想的半痴愚者受人讥嘲,他,这个灵魂在无形中得到了音乐的洗礼的人?

"众所周知,莱希斯塔德公爵[201]出生时是个死婴;人们徒劳地使用一切手段来救活他;然后一百声炮响轰隆而来,他睁开眼睛,脉搏跳动起来。他是伟大皇帝的儿子;因此世界听见了这事情;然而,没有人知道与此类似的贫困之子的故事。他也是一具尸体,一具新生的尸体,已被摆在了破窗户旁的桌子上;这时,长笛和小提琴在外面漫游的乐手们演奏的地方响起。一个女人的声音忧伤地高声响起,这小东西睁开眼睛,摆动着他的小手。会不会是这些音乐声在将灵魂驱赶回来,要让它在大地上发生作用,或者这只是偶然事件,这把理性之人的所罗门之剑[202]?

"他会成为一个罕见的艺术家抑或一具悲惨的骨架子,一只翅膀上有金箔的麻雀[203],其它麻雀因这金箔而啄击它直到它流血。如果他成为这样一只麻雀,该怎么办?对他来说存在着什么安慰?对于内心骄傲的人类来说,会有什么安慰?人类就像落在奔涌的激流中的雪花一样地被抹去、被遗忘,只有个别人的作品和名字会进入新的世纪。令人羡嫉的命运！但是，喧嚣的快乐[204]可能会在我们的新生活中等着我们，在这新生活中，他成名的幸运远远地待在一个他无法出现、不能参与的世界中。我们站得多高又有什么意义呢，只要我们站得好！这是世界的魔法之歌[205]，这是人流的大波浪在向永恒之海岸扑击时的咆哮的自我安慰。

"人们可以从杉木树干上的结看出树长了多少年，人的生命也有其可见的关节。这个夏天，通过认识娜奥米、音乐课程以及去揩辛厄[206]的游访，形成了克里斯蒂安童年的一个重要的过渡点，一个重要的环节。"①

我们现在稍稍对上述内容做一综观。克里斯蒂安出生在一个生活条件极差的家庭，父母贫穷。他身上有着两个人的影子。他父亲，就像普通人中常见的那类人，有一些诗歌天分，这种诗歌天分只在早年有过的外国旅行中得到了些许的满足，并通过对这些旅行的回忆而为自己赢得了一点安慰，直到它再次压倒了他并将他重新拉上旅途——根据安徒生的描述，这是一个有着如此深刻的无法解释的诗性渴望的人，以至于安徒生为了讲述他的故事需要在回

---

① 我必须请求安徒生原谅，我把这么大的一个部分重印出来，几乎让自己犯下抄袭行为，而且我只能这样为自己辩护说：我所抄袭的东西不是我认为最好的东西。

忆中重温维纳斯山的传说[207]；他的教父，一个无以伦比的音乐天才，为描写他，安徒生不得不诉诸于提醒读者去回想帕格尼尼[208]、回想"北欧的安菲翁[209]、沃勒·布尔[210]"、回想"犹八艺术[211]中的两位大师"，一个天才，固然不具备"我们时代的这两位大师在犹八艺术中所具备的完美"，但也许因此在更深的意义上，能够启示和唤醒在克里斯蒂安身上沉睡的东西，——简言之，他的童年是处在一种恰恰能够为他带来终生之灵感的境况中。

现在如果我们要看一下他童年时与音乐有过的更密切的关系，那么我们能看到对这关系的描写：这里讲述了教父的音乐是如何给这男孩留下深刻印象的，它既然就像安徒生所描述的那样出色，就必然会为几乎任何一个男孩子留下这种深刻印象，尤其是他的音乐中有着那无疑是刺激性的、对世界来说是隐藏着的诸罪的秘密共鸣板（孩子的无邪对于这共鸣板，正如有着恐怖感，也有着一种本能的鉴赏敏感）。情节发展至此，没有任何"能够揭示出对音乐的哪怕只是适度的天赋"的迹象在这故事中出现。然而，在教父的陪伴下，他进行了一次小小的旅行，在这旅行中，他确实以一种特别的方式，通过设法让自己置身于一座钟楼上挂钟的塔尖的窗洞[212]里的壁龛中，而进入了与"音乐性的"的一种特别的错误关系中。然而，某些人可能觉得这个事件蕴含着一种对他的整个未来是非常重要的暗示，安徒生则从它所具的"对他的健康的有害影响"这一考虑出发来对这事件进行解读，于是，在这里我们接近了主要的原动力（Hovedhjulene）[213]之一："这些倒霉的痉挛[214]"，不过，这些痉挛也带来了好处："使他的耳朵更向各种音乐的语言敞开"。如果我们现在预先添加上克里斯蒂安性格中真正的主要特征，即无法形容的虚荣，那么每个人无疑都会承认我所说的：这些倒霉的痉挛，以及被我称作是"同样倒霉的虚荣"的东西，还不足以构建出"他要么不得不成为一个伟大的艺术家要么不得不成为一具悲惨的骨架子"的两难，也不足以引发出各种如此牵强、如此高调装腔作势的观想，诸如在第2部分第20页中出现的那些（在伯爵给了他一块国家银行币[215]作为勉励，并做出"天才必须为自己开辟道路"的表述的时候）："他在天才的肩膀上绑定的，是伊卡洛斯的翅膀[216]，这是大胆地制作出的，然而却是铅做的翅膀。当然，这些话是一个古老的主题，代代相传地在艺术家的耳边响着，并且会带着变化响上好几千年，只要这个世界与当年给苏格拉底毒药[217]、给基督荆冠[218]的世界仍是同一个世界。"然而，安徒生应该再多设定出一个sans comparaison（法语：没有比较）以避免变得亵渎。他必定会成为"一具悲惨的骨架子"[219]，因为他就是一具悲惨的骨架子。这表达本身在我们看来就非常说明问题,因为"骨架子"让我们马上想到"这些倒霉的痉挛","悲惨的"让我们马上想到他那无法形容的虚荣。通常标示出天才并使他在世界中具有优势的,就是骄傲,骄傲通常在逆境中会变得更骄傲,因此它也常常能让个体昂首挺胸。 然而,在克里斯蒂安那里则相反,全都是虚荣。对他来说最重要的是把人们的注意力引向自己,被人钦佩;是的,只要能享受片刻,他甚至会满足[220]于一句赞美之词,尽管他心里知道其中藏有讥嘲。他的虚荣也体现在他与露兹和娜奥米[221]的关系中。对前者,那个不爱交际的、谦逊的女孩,他享受让自己所有的虚荣在宏大的梦想[222]中表述出来,在对自己的钦佩之中(就像约瑟在与其兄弟的美丽关系之中那样[223])倾泻出来;而对娜奥米,这个骄傲但无可否认是诗性的女孩,这个他经常接触的他的爱情的真正对象,他则表现得惶惶不可终日(如此虚荣,在相反的方向上),不是因为她在精神上优越于他,不,而是因为她是贵妇人,被身穿制服的仆人包围着;每当靠近她的时候,他都像杨树叶一样颤抖。如果我们终于在意义重大的瞬间里看他:在娜奥米做了一切以便让他走向决定性的一步的时候,在整个生命的景观在他身后被烧毁——从犹太人之家到他的继父的家[224]——的时候,在娜奥米亲自乔装着骑马出来与他告别的时候,如果我们在这时看见他作为一具"悲惨的骨架子"待在家里[225]，那么，我们肯定会感到惊讶：关于他居然还曾有过别的事情可谈。

然而，在他生命中还有一个部分，诗人将之保留在第3卷[226]之中，不多几页[227]讲述这部分生命的文字，几乎是整卷书中唯一与这长篇小说真正有关的地方；因为其余的，除了那些零零星星地混进娜奥米日记中的安徒生的回忆之外，差不多就没有什么别的内容了，最好另外单独出版，而且如果安徒生先生觉得可以的话，我们可以以这段话作为这本小书的题记：安徒生：《只是一个提琴手》第1部分第70页："在每一个以前时代的印痕中，裁缝总是会想到他曾经看到过的相似的东西，这时他进行比较……他心里所想的东西，他的嘴巴必定会喋喋不休地说出来，不管它是不是令他人感到愉快。"就是说，在我们上一次听到克里斯蒂安的事情之后，十二年[228]过去了，现在，作者让他作为一个可怜的小提琴手出现在我们面前：这可怜的小提琴手每星期天在露兹和她的丈夫（一位当地的学校老师）家里吃饭；他仍想着娜奥米，并且积蓄着一些钱以便在什么时候帮助她，如果她与拉迪斯劳斯的出逃会让她堕入不幸的话；简言之，我们见到了一个尽自己所能寻求在"对各种不合时宜的期待的失望"中安慰自己的人；但可以肯定的是，在他身上绝对没有什么东西暗示他是一个昔日的天才；人们甚至对他的演奏技能也没有什么了解；但可以肯定的是，就他的一大堆事件的整体而言，不管是单个的事件，还是全部事件一起，都不足以挫败一个差不多可以算得上是天才的人。我们了解到他属于信神者的群落[229]。让他成为他们中的一员不是什么很难的事情，对此安徒生只需要纸和笔，当然，在一个人无法在世上有成就时，变得"信神"几乎已经成了一句 Sprichwort（德语：成语）。安徒生为自己免除了如下这一任务：去呈现"他是怎么成为一个这样的人的"以及"与他最相近的症状"；总体上说，他更适合坐上四轮大马车出发并游历欧洲，而不是去省察心灵的历史[230]。如果我们现在补充说，安徒生让父亲有着与儿子或多或少相同的境况，因为他以一种相当奇怪的方式修正了一种老旧的伎俩（亦即：在你无法以得体的方式摆脱掉某个人物的时候，把他送进一个修道院），使父亲进入修道院，但这不是像中世纪的深刻心灵所想象的那样，要在那里为落空了的期望找到安慰、为其灵魂找到安息（并且，就像我所写的，那误导了安徒生的，确实是在背景中总是有修道院的维纳斯山），而是出于对"否则的话就会饿死"的惧怕（第3部分，第65页），这惧怕是"成为天主教徒"的新的、非常诗性的动机；如果我们补充说，教父吊死自己[231]，那么我们有相当的理由说，整个家庭以一种不自然的方式进入了终结。相反，这些文字的作者是如此幸运（至少他这样认为），能够以自然的方式完成他对《只是一个提琴手》的讨论——只要这讨论将会展开，并且只要这讨论能只在前面所给出的立场上展开。

阅读的世界和批评的世界对安徒生的评判之间的错误关系在总体上作为事实存在是得到了承认的，由此我最后要说，既然这一错误关系在我的意识中也重复出现，那么，我希望我能够成功地从个人层面出发谈论它，正如我曾在同样的程度上努力使上述的阐述与我的人格不发生任何模糊不定的关系。也就是说，当我再造出第一阶段（即阅读阶段）时，对诸多诗性心境（每一种诗人的生活，甚至是最模糊的生活——在某种意义上，这最模糊的可能尤其会是如此——，都必定会与这些心境交织在一起）的回忆就被赋予生命；当我再一次试图保留每一单个的心境时，这些心境中的这一个如此迅速地取代那另一个，以至于它们的整体，就仿佛是为了告别，在单一的浓缩萃取、在"同一瞬间在自身之中感觉到有必要'成为过去的东西'"的"现在的东西"中聚集起来，从而在我这里唤出一种特定的忧伤的微笑（当我观想它们时）、一种感恩的感觉（当我回想起这个我欠他这一切的人时)、一种我更想要在安徒生耳边低语而不是向纸张倾诉的感情;——更想要在安徒生耳边低语而不是向纸张倾诉,并非仿佛对于我,在任何瞬间,"能够把他所应得的东西给予他"是别的而不是喜悦(尤其是在我们这个时代,每一个在我们生活的 ecclesia pressa[232][拉丁语:受压迫的教会]中仍对诗歌有一定感觉的人,都几乎忍不住要比真理可能要求的更热情地给予);更想要在安徒生耳边低语而不是向纸张倾诉,亦非仿佛这样的表述[233]无法与我前面说出的整个对安徒生的观感有共鸣(因为,就我自己而言,我更重视的总是诗歌——尽管它有其全部的"被击败",而不是那最战无不胜的散文,或者,就让我们停留在对安徒生的谈论上:因为,尽管他有他的全部折腾、他的全部"对每一丝诗性的微风鞠躬",我仍然总是为"他尚未进入到政治的无所不包不顾一切的疾风之中"而高兴);相反,更想要在安徒生耳边低语而不是向纸张倾诉,是因为这样的表述总体上非常容易遭受误解——然而这误解倒是某种我希望自己能够接受得了的事情,只要安徒生会为了避开这误解而把"我以这同感的墨水[234]写下的东西"置于那唯一使这文本变得可读并让其意义变得清晰的光前面[235]。

注　　释

1. **作为长篇小说作家的安徒生**］汉斯·克里斯蒂安·安徒生（1805-1875年）在1835年因其小说《即兴诗人》(*Improvisatoren*)而作为小说作家成名，该小说在同一年被译成德语，在1837年在丹麦印刷了第二版丹麦语版。然后他出版了《O.T.》（哥本哈根1836年。德语版在1837年出版）和《只是一个提琴手》（哥本哈根1837年）。这种从前令人反感而现在变得流行并且在艺术上充满可能性的体裁的作品在国外和在丹麦都引起公众的注意。在1837年，安徒生就已经有了一篇法文传记，是由马尔弥耶（X. Marmier）写的，一篇传记文章（一年之后这一传记被译成俄文），这一年C.A. Jensen所画的诗人安徒生的画像刊登在丹麦一个流行杂志上，同一年丹麦王室决定给予他诗人年薪。1838年《只是一个提琴手》出版了德语版 *Nur ein Geiger*，并附有冯·延森（G.F. von Jenssen）为安徒生所写的传记（Braunschweig 1838。安徒生自己为这本传记提供了原始材料）。同年秋天荷兰语的译本 *'t was maar een speelman*（Amsterdam u.å.）也出来了，另外还有瑞典文译本 *Spelmannen från Svendborg*，收入流行丛书 L.J. Hiertas *Nytt Läse-Bibliotek* 中。与最初的这些小说同时出版的还有童话：1835年在童话体裁上也得到了成功之后，他的童话就作为小册子一本本地不断出版出来。

2. **持续参照……**］这种副标题的形式也用在《论概念反讽》中。这一形式的标题还出现在 1841 年克尔凯郭尔的学位论文《论反讽的概念，持续参照苏格拉底》中。见社科版《克尔凯郭尔文集》第一卷。译者汤晨曦将"持续参照苏格拉底"意译作"以苏格拉底为主线"：《论反讽的概念，以苏格拉底为主线》。

3. **只是一个提琴手**] 这本小说的全名为《只是一个提琴手。分三个部分的原创小说》(*Kun en Spillemand. Original Roman i tre Dele*, af H.C. Andersen, Kbh. 1837, ktl. 1503)。这部小说的创作始于 1837 年夏季的一次长途旅行的绿格斯霍尔姆（Lykkesholm），8 月 24 日被交付印刷，同年 11 年 22 日出版。

在《只是一个提琴手》中，主人公克里斯蒂安是一个失败的天才，因被生活环境挫败而在失望与贫困之中死去。他的运气没有为他带来所需的赞助者来发展他的艺术才能并在世界上获得认可。因此，故事中的天才被视为命运的被动受害者（克尔凯郭尔驳斥了这一观点）。

在丹麦文版的注释中用的《只是一个提琴手》版本是初版版本（简写为 *HCA*）和现代的文献批评版的版本（简写为 *KRI*：*Kun en Spillemand,* udg. af Mogens Brøndsted (Danske Klassikere, Det danske Sprog-og Litteraturselskab), Kbh. 1988）。

这部长篇小说的中译本，译者取人民文学出版社林桦译《安徒生全集》第四卷（下面简称《安徒生全集》四）中的《只不过是一个拉小提琴的》。

4. **"发展"**] 德国思辨哲学的特点是"发展的"而不是"静止的"。克尔凯郭尔似乎是以"发展"这一表述来影射德国思辨哲学。

5. **汗流满面**] 指向《创世记》（3：19）中对亚当的诅咒："你必汗流满面才得糊口，直到你归了土，因为你是从土而出的。你本是尘土，仍要归于尘土。"

6. **"重新从头开始"**] 指向黑格尔。为了避免在任意点上开始自己的哲学，黑格尔试图进入到所有智性的假设背后，并到达他声称是"基本的无预设的基础概念"上。他在"在"的概念中看到了这一点，剥去了所有的智性的定义或概念的区分标记，因而是纯粹而抽象的，因此也可以被描述为"乌有"（Nichts）。克尔凯郭尔也在文中谈及"从乌有开始"。另参考《哲学片断之终结性的非科学后记》。

7. **开始正向的计时**] 亦即设定一个新的零年并且从此开始算时间。

8. **生命之劳役（Livs-Hoveri）**] 生活被理解为一种强加在单个的人身上的艰辛义务劳作。丹麦语组合词 Livs-Hoveri 也许是由 livegenskab（丹麦法定的农民有义务留在自己出生的土地上，这一规定在1702年被取消）和 hoveri（隶农制）合成产生的词。

9. 就是说，要让以后的世界承认它是"世界历史的真正起点"并且世界历史以它"为元点开始正向的计时"等等。

10. **黑格尔对于"始于乌有"的伟大尝试**] 丹麦的黑格尔主义者海贝尔（J.L. Heiberg）在其论文《逻辑体系》（*Det logiske System*）中批判了黑格尔，认为黑格尔体系中"绝对存在是在如下这些范畴中生产出来的：a）存在、b）乌有、c）变易"，他将之称为"一种小小的不谨慎"。作为替代，他将"存在和乌有的统一"当作最初的范畴（*Perseus, Journal for den speculative Idee,* udg. af J.L. Heiberg, nr. 2, aug., Kbh. 1838, s. 44（jf. ktl. 569））。

因此，黑格尔和海贝尔都没有以"乌有"为开始。相反海贝尔强调了黑格尔体系的无预设性（»Det logiske System«, *Perseus* bd. 2, s. 11）。神学家，后来的主教马腾森（H.L. Martensen, 1808-1884），在他对海贝尔的《在皇家军事高校为1834年开始的逻辑课程所作的序言讲座》(*Indlednings-Foredrag til det i November 1834 begyndte logiske Cursus paa den Kongelige militaire Høiskole*)(Kbh. 1835, i *Maanedsskrift for Litteratur* bd. 16, Kbh. 1836,s. 518)的评论中写道"怀疑是智慧的开始"。

11. "结胎成形"就是说"理念的产生",在丹麦语中"结胎成形"与"想法之产生"是同一个词。

12. **整个否定**] 又一次指向黑格尔哲学。在黑格尔的哲学中"否定"或"那否定的"是很重要的,因为在发展运动努力进入更完美的环节时,"否定"是作为矛盾性力量在场于"存在之正定性"之中的。

13. **整个否定终究只是在体系自身界限之内的一种运动**] 这是调侃地指向黑格尔哲学中"否定"的意义。

14. 尽管"Fylde"(充实)这个词,在"时间之充实"的意义上,常常在克尔凯郭尔著作中出现,但是这个"gediegne Fylde"则只出现过一次,"gediegne"(纯粹的、结实的、货真价实的)也只出现过两次(另一次是出现在"公开的忏悔"中)。这个 gediegne(德语的 gediegen"纯粹")是黑格尔常用到的词。

15. **阿图瓦力**] 根据法国行省阿图瓦(Artois,拉丁语 Artesia)而命名。指挖井工程的原则。向地下挖到的蓄水层越深,水的自然压力就越大,向地面喷出的水柱就越高。这样的井是以法国地名 Artois 命名的,拉丁语就是 Artesia。在克尔凯郭尔的时代,哥本哈根的人们就是以这样的方式来挖井的。

16. **西门·斯蒂利塔(Simon Stylita, Symeon Stylites)**] 也被称作是"柱子圣人西门"(约390-459),是基督教的苦行者和隐居者,在叙利亚的安提欧其亚附近的一个柱子上生活了三十多年。柱子二十米高,在顶上是十一平方米的正方形。他睡在柱顶上,用绳子把吃的东西吊上柱顶。在活着的时候,他就被当作圣人崇拜,人众涌向他,询问他各种各样的问题。在教会的重要争议中,人们都怀着敬畏听从他的说法,或者他从柱上所写的东西。他有不少模仿者。

17. **已有的正定性(Positivitæt)**] 亦即,直接地给定了的现实。译者说明:克尔凯郭尔写这本书的时候仍是大学的神学学生,受黑格尔和德国唯心主义的影响,Positivitæt也是这方面的术语(但这个词与后来的实证主义的"实证性"无关),有时候我们可将之译作"肯定性",因为它标志出"肯定否定"之对立中的肯定一方;有时候我们也可以将之译作"设定性",作为动词"设定"的衍生名词。译者在克尔凯郭尔著作中取综合理解的意义,一般将之译作"正定性"。

18. 这个"它们"指前面的"这非凡的积极意愿和就绪状态,这几乎是热烈恳切的助人之心"。

19. 这个问题就是指上面的"这非凡的积极意愿和就绪状态,这几乎是热烈恳切的助人之心(……)在怎样的一种程度上也处在了孜孜不倦的活动之中?"

20. **作序和写前言**] 这里可能意指写下了《论哲学在当代的意义》(*Om Philosophiens Betydning for den nuværende Tid. Et Indbydelsesskrift til en Række af Philosophiske Forelæsninger,* Kbh.1833)和《在皇家军事高校为1834年开始的逻辑课程所作的序言讲座》(*Indlednings-Foredrag til det i November 1834 begyndte logiske Cursus paa den Kongelige militaire Høiskole,* Kbh. 1835)的海贝尔。

21. "它"是指前面所说的"更年轻的文学界"。

22. **时代政治环境的主流方向**] 在与罗曼蒂克的各种思考的关系上,

克尔凯郭尔1838年与以歌德和黑格尔为代表的老一代知识分子保持距离，因为他们没有对在1830年代的辩论中作为中心问题的政治问题表明立场。在"关于《祖国》的论争"（»Om Fædrelandets Polemik«, *Kjøbenhavns flyvende Post, Interimsblad* nr. 82, 12. marts 1836）之中克尔凯郭尔写了关于政治的时代。他在《出自一个仍活着的人的文稿》用来描述小说家的表述与他在《哥本哈根飞邮报》上发表的"致欧尔拉·勒曼先生"一文中使用的对政治家的描述是同一种类型的（»Til Hr. Orla Lehmann«, *Kjøbenhavns flyvende Post, Interimsblad* nr. 87, 10. april 1836）。

23. 《逻辑学》] 黑格尔的《逻辑学》（*Wissenschaft der Logik*）。黑格尔全集的第3-5卷（*Georg Wilhelm Friedrich Hegel's Werke. Vollständige Ausgabe*, bd. 1-18, Berlin 1832-45；bd. 3-5, udg. af Leopold von Henning, 1833-34, ktl. 552-554.）。

24. **衔位等级规定**] 1808年8月12日的规定把公务员和有头衔的人按数目分成九个衔位等级。第九级也就是最低级的最后数目中包括了"其他文书"，而大臣文书和战争文书则处于更高等级中。如果"某……议员"的头衔之前有"真正的"，其衔位就高了一级，因为这标识意味着相关者在事实上是"真正起作用的"，而不是仅仅只有头衔。

25. **Seyn, 纯粹的在……das Andre, das Besondre, Nichts**] 这些概念都取自黑格尔的《逻辑学》。

26. 译者对这里的"要么……要么"加了点。因为在这个冗长的句子之中，第二个作为选择的"要么"部分在很后面的地方出现。

27. **Vernunft wird ... Enkel bist**] 出自歌德《浮士德》（Goethe *Faust. Eine Tragödie*, Stuttgart og Tübingen 1834, vers 1976f. (Mephistopheles og

studenten), ktl. 1669）。中文的"理性变成了荒谬，善行变成了灾殃；你作为子孙真是不幸！"出自绿原所译《浮士德》(《歌德文集》，人民文学出版社，1999年，第一卷，第56页）。

28. **Rana paradoxa**］拉丁语：悖论之蛙。在克尔凯郭尔的时代据说有一种带有蛙腿和蝾螈尾的动物，其生长过程和蛙的生长过程相反，从爬行动物最终成为鱼。*rana paradoxa* 被用以表示这种动物。但是后来人们认识到这只是一种个子大的"半蛙"而已。

29. **让·保罗**］Jean Paul，德国作家约翰·保罗·弗里德里希·里希特（Johann Paul Friedrich Richter，1763-1825年）的笔名。在丹麦对十九世纪的文学有很大影响，一方面是作为涉及面广泛（从田园到魔鬼）的诗人，一方面作为美学理论家。其理论著作有《美学预科》(*Vorschule der Aesthetik*, bd. 1-3, 2. opl., Stuttgart og Tübingen 1813 [1804]，ktl. 1381-1383）。

30. **Solchen ... Centrum**］德语：对于这样的一些正割、余割、正切、余切而言，一切都显得偏离中心，尤其是中心。引自让·保罗的教育小说《年少荒唐的年岁》(*Flegeljahre*，1804年）第1部分第14章（*Jean Paul's sämmtliche Werke*, bd. 1-60, Berlin 1826-28, ktl. 1777-1779；bd. 26, Berlin 1827, s. 113）。

31. **我们站在祖先的肩膀上，/我们看起来伟大——其实渺小……**］尚不能够确定这两句引文出自何处。

32. **klein Zaches genannt Zinnober 德语：被称作岑诺贝尔的小匝赫斯**］德国作家霍夫曼（E.T.A. Hoffmann，1776-1822年）的一篇幻想童话中的主人公。匝赫斯出生在一个贫困的环境，并且是一个真正的替代儿（见前言注释11。超自然生灵会在摇篮中留下的替代一个尚未受洗的孩子的替代儿）。一个仙女可怜他并且赋予他一种特别的才能:"所有在他附近达成的、所说或所做的,善良、美丽或伟大的事情,都归于他,而他自己所弄出的一切笨拙、糟糕或愚蠢的事情,都归于那个在这一瞬间里与他共处的人。其他人的功劳——无论是外在的还是内在的——都属于他,并且他有令人羡慕的权力来把自己的所有错都责怪到他人的头上。"在这迷惑整个环境的喜剧性的魔法中,小小的匝赫斯——现在他叫岑诺贝尔——上升到了顶峰,成为全国最伟大的人。见《被称作岑诺贝尔的小匝赫斯。一篇童话》(*Klein Zaches genannt Zinnober, ein Mährchen*, 2. udg., Berlin 1824 [1819])。

克尔凯郭尔在脚注中的所引出自《霍夫曼选集》(*E.T.A. Hoffmann's ausgewählte Schriften* bd. 1-10, Berlin 1827-28, ktl. 1712-1716)的第九卷。他在德文句子中加了两处括号,自己写了丹麦语。

33. **有斑或有点或有条纹的事物**] 见《创世记》(30:32-42),拉班问雅各要什么,雅各说他只要有点的,有斑的和黑色的羊,然后他设计使得肥壮的都是有半点条纹和黑色的羊。雅各就这样发了大财。

34. **Cosmopolit-Gesichter**] 德语:世界公民面孔。这个构建出来的词可能是反讽地指向柯莱门斯·布伦塔诺(Clemens Brentano)的短篇小说《更多的维缪勒和匈牙利民族面孔》(Die mehreren Wehmüller und ungarischen Nationalgesichter),小说这样描写一位肖像画家维缪勒:"他通常在手头总是带着五十个这样的画好了的民族面型"(jf. *Viel Lärmen um Nichts. Von Joseph Freiherren v. Eichendorff; und: Die mehreren Wehmüller und ungarischen Nationalgesichter. Von Clemens Brentano. Zwei Novellen,* Berlin 1833, ktl. 1850, s. 33)。

35. **黑格尔概念的内在的否定性**］根据黑格尔的理论，在每一个概念之中都会有一种内在必然的对立面被发展出来，它使得这一概念进入其对立面。概念否定其自身。

36. **juste milieu**］法语：正确的中庸之道。在1830年的法国七月革命之后，这个表述被用来嘲笑路易-菲利普国王的平衡政治，他的政策继续推行君主立宪制，但又把投票权的范围扩大，包括了中产阶层的最富有的部分。

37. 这个"它们"是指前面出现过的"在两种形式之下这一倾向都使得自己背上了'试图谋杀已有的现实'的罪责"中的"两种形式"，亦即，前一句中的"要么……要么"的两种形式。

38. **墨尔老乡……无法挽回地坠落下去**］往手上吐唾沫在民间的意思是"集中起精力"。这句话来自墨尔老乡故事，一个墨尔老乡手抓着树枝挂在一棵树上，他对那些抱着他的腿挂在他身下的其他墨尔老乡说："等一下，我得往手上吐一点唾沫。"出自墨尔老乡的故事《干渴的树》(»Det tørstige Træ« i *Beretning om de vidtbekjendte Molboers vise Gjerninger og tappre Bedrifter*, udg. af M.V. Fausbøll, Kbh. 1862, s. 18）。

39. **我们的长短篇小说文学**］读者对十九世纪初期来自德国、英国和法国的散文小说充满热情，但从审美角度来看，在1825年前后原创的丹麦散文有大的突破之前，散文一直没有得到很高的评价。克尔凯郭尔对长篇小说与短篇小说，就像当时一般的情形，并不做明确的区分。海贝尔从这些散文形式与主要体裁的三分法的关系——"抒情的"、"叙事性的"和"戏剧性的"出发，描述了童话故事、真正的长篇小说和短篇小说之间的关系，见他的文章"对欧伦施莱格尔教授先生的文章'论《哥本哈根飞邮报》'上的评论，关于密克拉迦德的瓦良格人'的回应"（»Svar paa Hr. Prof. Oehlenschlägers Skrift: 'Om Kritiken i Kjøbenhavns flyvende Post, over Væringerne i Miklagard'«, i *Kjøbenhavns flyvende Post* nr.7-8 og nr. 10-16, Kbh. 1828）。

40. **各种以日常故事（以乌有）开头的短篇小说的作品集**］托马西娜·居伦堡（Thomasine Gyllembourg，1773-1856年）在《哥本哈根飞邮报》（*Kjøbenhavns flyvende Post*, udg. J.L. Heiberg, nr. 4,12. januar 1827）上发表处女作《一封信。请求每个人都阅读一下，因为编辑部不知道是写给谁的》。第二年，这杂志发表了居伦堡的《魔法钥匙》（*Den magiske Nøgle*）和《一个日常生活故事》（*En Hverdags-Historie*），署名"一个日常生活故事的作者"，出版者是其儿子海贝尔。作为丹麦最高产和读者阅读量最高的作家之一，她创作了十几年这一类被称为"日常生活故事"的散文。克尔凯郭尔著有《一篇文学评论》，是评论"一个日常生活故事的作者"（亦即托马西娜·居伦堡）所著的《两个时代》的。

41. **希普希普……希普希普**］当时的废话绕口令（J.M. Thiele *Danske Folkesagn* 1-4. samling, bd. 1-2, Kbh. 1819-23, ktl. 1591-1592；3. samling, 1820, bd. 2, s. 169f., samt E. Tang Kristensen *Dyrefabler og Kjæderemser,* Århus 1896, s. 213）。

42. **比重**］这个物理概念是丹麦自然科学家汉斯·克海斯提安·奥斯特（H.C. Ørsted，1777-1851）提出的，是一物体或者气体密度与同温同压下水或者空气的密度之间的比值。

43. **homines novi**］拉丁语：新人；古罗马人以这个词来标示家族之中（先人或祖上）从不曾有人获得过相应职位的高位官员。

44. **新生伯爵，一夜间速成的骑士**］指向巴格森小说的讽刺诗歌

(»Asenutidens Abracadabra« i *Jens Baggesens danske Værker,* udg. af forfatterens sønner og C.J. Boye, bd. 1-12, Kbh. 1827-32, ktl. 1509-1520；bd. 7, 1831, s. 139:»Nyfødte Svende, nattegamle Jarle«.），其中写道:"新生骑士，一夜间速成的伯爵。"

45. **天主教性**] 普遍有效性。克尔凯郭尔紧接着说的"其外无至福"是在游戏拉丁语的表述"extra ecclesiam ... nulla salvus"（"教会之外无赎救"）。也许也指向《使徒信经》中的:"我们信圣灵，神圣的天主教的［亦即普遍的］教会"。

46. **这位受尊敬的不知名作家……他**] 托马西娜·居伦堡在谈论自己的作品的作者时是将之作为男性来谈论的。在她的一封死后发表的信中，才公开披露出自己的创作活动。

47. **favere lingua**] 拉丁语：向语言示好。罗马时代的献祭祭司对人们提出的"在宗教行为之中不要说不祥之言和其它令人烦心的话"的要求。

48. **使整个生命焕发光彩的神圣火花**] 也许是指向明斯特尔（J.P. Mynster）的布道"耶稣打开的坟墓"，他在之中说:"那唯一将其价值和高贵给予尘土、将其光和热散布在你身上的神圣火花"（*Prædikener paa alle Søn-og Hellig-Dage i Aaret* bd. 1-2,3. opl., Kbh 1837［1823］, ktl. 229；bd. 1, s. 332.）。

49. **de profundis**] 拉丁语：从深处。也许是指向《诗篇》(130:1)。

50. **将自己的灵魂卖给魔鬼以求翻天**] 年轻时代的克尔凯郭尔非常关注浮士德及其与魔鬼的灵魂交易（另外，安徒生在《只是一个提琴手》中也多次说及这事情），他在 1835 年将之当作理解安徒生的《1828 到 1829 年，从霍尔门斯水道走到阿玛格尔的东尖角》的钥匙（H.C. Andersens, *Fodreise fra Holmens Canal til*

Østpynten af Amager i Aarene 1828 og 1829, Kbh. 1829）。出卖灵魂与翻天的关联也许指向霍尔堡的喜剧《巫术或者虚假警报》（L. Holberg *Hexerie eller blind Allarm* (1731)）中的第四幕第十场（*Den Danske Skue-Plads*, bd. 1-7, Kbh.〔1758 eller 1788〕, ktl. 1566-1567；bd. 4）。其中一个士兵有以下台词："是的，你可以得免于讨论基督教；你这个向魔鬼起誓并且用自己的血同魔鬼做交易的人。"——"出于恶毒唤醒天的翻覆，把贫穷的海行者带进不幸和毁灭。"在霍尔堡那里翻天是上帝之作，参看士兵下面的台词："天！天通过那些交易一了百了地抛弃了你们，你们这些人和天有什么关系？""翻天"这个表达指向希腊神话，其中有故事讲述巨人们（提坦们）推翻先前的旧神族。

51. **沉浸于各种靴子中**〕一般说来，"靴子"能够被贬义地用于人，以及像在这里，用于现象。"沉浸"在低级的层面上可以指向巴格森的《在低级的东西中竞跑。给在巴黎的诗人欧伦施莱格尔》（»Væddeløbet i det Lave. Til Digteren Oehlenschläger i Paris« i *Jens Baggesens danske Værker*, bd. 5,1829, s. 312ff.）。在这首描述浮士德的魔鬼交易的诗歌中，巴格森提及欧伦施莱格尔，他要求欧伦施莱格尔刷一刷自己的鞋并远离低级诗歌。相反，巴格森认为自己则有能力控制高级与低级之间的双重性。

52. **生活之真正的实在**〕这一表述也许指向 1830 年代对于作为普通的或者形式的教育的对立面的"实在教育"的讨论。

53. **叹息之桥**〕意大利语为 Il ponte dei sospiri，是威尼斯总督宫和监狱间的一座桥，判了刑要被处决的人要经过这座桥。另外，在哥本哈根当年的市政厅和法院所在建筑与拘留犯人的建筑间的过道也叫叹息之桥。

54. **"便俄尼"……"便雅悯"**］见《创世记》(35∶18)。拉结难产，死前为出生的儿子起名叫便俄尼（意为"我的不幸之子"）。但孩子的父亲却给他起名叫便雅悯（意为"幸运之子"）。

55. 这里的"虽然……虽然……虽然"底下加了点，它们与下面出现的底下加点的"可是"相呼应。

56. **那进入应许之地的只是我们生命中的约书亚，而不是我们生命中的摩西**］《申命记》(34∶4)，耶和华对摩西说："这就是我向亚伯拉罕、以撒、雅各起誓应许之地。说：'我必将这地赐给你的后裔。'现在我使你眼睛看见了，你却不得过到那里去。"《约书亚记》(1∶1-2)："耶和华的仆人摩西死了以后，耶和华晓谕摩西的帮手、嫩的儿子约书亚，说：'我的仆人摩西死了。现在你要起来，和众百姓过这约旦河，往我所要赐给以色列人的地去。'"

57. **参看《婚姻》198 页**］指向托马西娜·居伦堡所著的《〈日常生活故事〉的作者的新故事》中的《婚姻》(Thomasine Gyllembourg, »Ægtestand« i *Nye Fortællinger af Forfatteren til en »Hverdags-Historie«,* udg. af J.L. Heiberg, bd. 1-3, Kbh. 1835-36, ktl. U 46；bd. 1, s. 198.)

58. **战马脚下轰鸣如雷，丹麦骑手们竞相追逐**］引自丹麦民谣《联赛》中的副歌部分，稍有改动。

59. **父亲……把剑交给自己的儿子**］指向西格弗里德传说，关于"维尔纳尔·利斯和沃尔姆·翁格尔斯文"的第二首歌谣 (2. vise om »Verner Rise og Orm Ungersvend« i *Udvalgte Danske Viser fra Middelalderen,* bd. 1, s. 66ff., strofe 15ff.)。歌谣叙述沃尔姆·翁格尔斯文要与"强壮的维尔纳尔·利斯"对搏的时候，探访了已死的父亲西格弗里德国王，把他从他的"如此深的酣眠"之中唤醒这样，沃尔姆拿到了"丹麦最好的剑"。

60. **帕尔梅尔……正如它们在我们的回忆之中活着**] 克尔凯郭尔用了托马西娜·居伦堡收于《〈日常生活故事〉的作者的新故事》中的短篇小说《各个极端》之中的老漆匠帕尔梅尔的说辞："愿天才、美、艺术和这整个美好的大地长存！愿我们要爱的东西和我们爱过的东西长存！愿这些东西在此地或者彼岸在带着光环变容后的生命之中活着，正如它们在我们的回忆之中活着那样！"（Thomasine Gyllenbourgs »Extremerne« i *Nye Fortællinger af Forfatteren til en »Hverdags-Historie«,* udg. J.L. Heiberg, bd. 2, 1835, s. 19f. ）。

61. **当代的替代**] 出处不明。

62. **参看《各个极端》**] 见下面对"帕尔梅尔……正如它们在我们的回忆之中活着那样"的注释。

63. **那有耳可听的人**] 参看《马太福音》(11 : 15)。

64. **政治之"硕士散文"**] 克尔凯郭尔 1837 年对这一表述做了解释："利希滕贝格提出'定义那些以一种痴愚的时尚风格来描述日常想法的人们的写作方式，它至多以这样的方式完成，如理智的人们已经想到的纯粹的词句：硕士散文'。"(*Pap*. II A 124. Henvisningen gælder G.C. Lichtenberg, *Ideen, Maximen und Einfälle. Nebst dessen Charakteristik,* udg. Gustav Jördens, 1. bd. i 2. udg., Leipzig 1831, samt 2. bd. i 1. udg., Leipzig 1830, ktl. 1773-1774 ; bd. 1, s. 122.)

65. **弥诺陶洛斯**] 在希腊神话中，弥诺陶洛斯是由克里特国王弥诺斯之妻帕西淮与克里特公牛交合而生出来的怪物，它藏身于克诺索斯的迷宫之中。米诺斯逼迫雅典送七对童男童女给弥诺陶洛斯，弥诺陶洛斯后来被雅典王子忒修斯杀死。

66. **波动**］青春的波动，也就是青春的不知所措、犹疑不决。

67. 《**年轻的蒙塔努斯**》］托马西娜·居伦堡收于《两篇〈日常生活故事〉作者的短篇小说》中的小说《年轻的蒙塔努斯》。（Thomasine Gyllembourg, »Montanus den Yngre« i *To Noveller af Forfatteren til »En Hverdags-Historie«*, udg. J.L. Heiberg, Kbh. 1837.）故事的引言提及了霍尔堡的喜剧《埃拉斯姆斯·蒙塔努斯或者拉斯姆斯·贝尔格》（Ludvig Holbergs komedie *Erasmus Montanus eller Rasmus Berg*, Kbh. 1731 (opført på ty. 1742, på da. 1747), jf. *Den Danske Skue-Plads* bd. 5.）

68. **曾在他们的摇篮上被吟唱**］指向北欧神话中的命运女神：诺伦三女神乌尔德（Urd，"过去"）、薇儿丹蒂（Verdande，"现在"）和诗蔻蒂（Skuld，"未来"），她们在婴儿出生的时候通过织出婴儿的生命线并将它固定在世界里来决定这婴儿的命运。

69. "不论……还是"的强调为译者所加，为了让读者在这个冗长的复合句之中仍留意两者的关联。

70. **所谓的伯恩哈德短篇小说**］指向卡尔·伯恩哈德（Carl Bernhard 丹麦作家 Andreas Nicolai de Saint-Aubain /1798-1865/ 的笔名）的《短篇小说》（Noveller bd. 1-3, Kbh. 1836-37, ktl. U 18）。他与海贝尔是第二代的表兄弟，他的处女作发表在《哥本哈根飞邮报》（kjøbenhavns flyvende Post）上。其关于当时哥本哈根市民阶层的故事与托马西娜·居伦堡的小说风格很近。《短篇小说》第2卷中收有心理学小说《孩童舞会》。在《短篇小说》第1-3卷的基础上，在1838年又出版了第四卷，长篇小说《幸运之少年》。

71. **孩童舞会**］见前面关于伯恩哈德短篇小说的注释。

72. **那个荒野中的声音**］这一表述所指，一是克尔凯郭尔在脚注中所引的最后一句"往荒野中抛出它声声啼啭"，另一是《马太福音》（3：3）中对施洗的约翰的描述："在旷野有人声喊着说。"

73. **斯丁·斯丁森·布里克尔**］斯丁·斯丁森·布里克尔（Steen Steensen Blicher，1782-1848）通过神学职业学位考试之后成为兰德斯拉丁学校（他自己曾作为学生在这所学校读书）的助理教授。从1819年到去世为止，他一直是该地区的牧师，先是在贫困的厝尔宁（Thorning），然后在斯卞德罗普（Spentrup）任神职，直至去世。他的写作生涯始于1807-1809年间对莪相（Ossian）的翻译，并在自然抒情诗和短篇小说中达到了其艺术高产期。其从1824年开始写下的短篇小说受到提勒（Thiele）的丹麦民间故事集和瓦尔特·司各特（Walter Scott）长篇小说的启发，他的创作使日德兰石南荒野地区在文学中首次有了一席之地。《日德兰旅行六昼夜》(*Jyllandsrejse i sex Døgn*，奥胡斯1817年）以对英格曼（B.S. Ingemann）引用开始。 英格曼是布里克尔认为唯一与自己相近的同代丹麦诗人。 布里克尔感觉到相对于哥本哈根文坛自己是孤立隔绝的，并且拒不接受海贝尔的正式批评，他称海贝尔为"形式切割者"。1832年约翰娜·露易丝·海贝尔（Johanne Luise Heiberg。女演员，海贝尔之妻）在皇家剧院朗诵了布里克尔的《杂货商贩》。

74. **大地本源的**］丹麦文原文是autochthonisk，出自希腊语autos＝自身和chthōn＝大地土地，就是说"来自大地本身的，土生土长的"，另外也有这一层意义：希腊语chthniós＝渊源自大地、属于大地的。

75. **跑尽了该跑的路并保持了信仰**］参看《提摩太后书》（4：7），其中保罗写道:"那美好的仗我已经打过了。当跑的路我已经跑尽了。所信的道我已经守住了。"

76. **我的石南荒地寂静而充满黑暗……往荒野中抛出它声声啼唳**]斯丁·斯丁森·布里克尔《诗歌集》(第1-2卷)第1卷扉页中的格言(St. St. Blicher *Samlede Digte* bd. 1-2, Kbh. 1835-36, ktl. U 23.)。

77. **你来自泥土**]"往尸体上投土"的三环节仪式的第一环节。见《丹麦圣殿规范书》(*Forordnet Alter-Bog for Danmark,* Kbh. 1830, ktl. 381, s. 263.)。参看《创世记》(3:19)。

78. **遥远地平线上……的秋季闪电**]丹麦语为 Kornmod,是指在谷物成熟的时候,尤其是八月份,地平线上的遥远闪电。

79. **居维叶的敏锐**]乔治·居维叶(Georges de Cuvier, 1769-1832),法国动物学家,他是比较解剖学的奠基人和古生物学领域。在观察了动物的解剖学特征后,他将所有动物的系统分类分为四组。他想通过他的著作《化石骨骼的研究》(*Récherches sur les ossements fossiles,* Paris 1812-13)来证明我们可以借助于单一骨骼重构出一个动物种类。

80. **将我们的望远镜延伸到适当的距离**]就是说调节望远镜凹镜与凸镜间的距离。可能是指当时的航海望远镜,层层套起的镜筒可以一节节伸展和收缩。这里的意思当然是说,得到合适的概观。

81. **相当重要文学活动**]安徒生在《只是一个提琴手》之前出版了各种书籍:《1828到1829年,从霍尔门斯水道走到阿玛格尔的东尖角》(*Fodreise fra Holmens Canal til Østpynten af Amager i Aarene 1828 og 1829,* Kbh. 1829)、《尼古莱塔上的爱情,或者后排观众怎么说》(*Kjærlighed paa Nicolai-Taarn, eller hvad siger Parterret?* Kbh.

1829）、《诗歌》(Digte, Kbh. 1830）、《幻想与随笔》(Phantasier og Skizzer, Kbh. 1831）、《1831 年夏游览哈茨山、萨克森瑞士等地的剪影》(Skyggebilleder af en Reise til Harzen, det sachsiske Schweitz, etc. i Sommeren 1831, Kbh. 1831）、《船》(Skibet, Kbh. 1831）、《为丹麦诗人所写的简述》(Vignetter til danske Digtere, Kbh. 1832）、《拉默穆尔的新娘》(Bruden fra Lammermoer, Kbh. 1832）、《乌鸦》(Ravnen, eller Broderprøven, Kbh. 1832）、《一年的十二个月》(Aarets tolv Maaneder, Kbh. 1833; Samlede Digte, Kbh. 1833）、《安格妮特和男人鱼》(Agnete og Havmanden, Kbh. 1834）、《即兴诗人 》(Improvisatoren, Kbh. 1835; Eventyr, fortalte for Børn, Kbh. 1835）、《O.T.》(O.T., Kbh. 1836）、《〈科尼尔沃尔兹欢宴〉中的歌》(Sangene i »Festen paa Kenilworth«, Kbh. 1836）、《相别与相逢》(Skilles og mødes, Kbh. 1836）。

82. 他最初青春期的一些非常精美的抒情作品] 使安徒生成名的第一首诗歌是《正死去的孩子》，1827 年 9 月 25 日发表在 A.P. Liunge 的报纸《哥本哈根邮报》(Kjøbenhavnsposten) 上，带有德语翻译；这首诗于 1828 年 12 月 12 日被重印在海贝尔的《哥本哈根飞邮报》上。克尔凯郭尔提及安徒生的青年时代抒情诗，参看前面的注释，他所指向的是当时的批评界对安徒生的描述——抒情而幼稚。

83. imprimatur] 拉丁语：可以印刷的。国家审查机构以这个签注来标示一本书得到了出版许可。这一审查规定在 1849 年的宪法中被废除。这里的这个拉丁语在句子中不是作为形容词用，而是指一个印章——印章内容是"可印刷"，亦即，通过了审查。

84. 十二开本规格版本] Duodez-Scala。小型开本的书。在这里用来形容其相关物的渺小或无足轻重。"'各种很容易被唤起也同样很容易被抑制下去的没有什么特别回响的淡退着的声音'的一个感伤的十二开本规格版本",就是说,一个无关紧要的声音的感伤而无足轻重的表现形式。

85. **阶段——叙事的阶段**]参看海贝尔关于"各种体裁在一个由抒情经过叙事到戏剧的辩证发展中的镶嵌"和关于"与作家的意识发展的关联"的理论(在"对欧伦施莱格尔教授先生的文章'论《哥本哈根飞邮报》上的评论,关于密克拉迦德的瓦良格人'的回应"中。——见注释38)。

86. **安徒生跳过了自己的叙事⋯⋯每个人在自身之中都有着自己的叙事创作**]海贝尔在其《文学月刊》第一卷(*Maanedsskrift for Litteratur* bd. 1, Kbh. 1828, s. 170)中把安徒生的《1828到1829年,从霍尔门斯水道走到阿玛格尔的东尖角》刻画为抒情类的:"这个文本应该被视为一首抒情诗,在这样的抒情诗中,美往往恰恰在于:一种内容,要么是日常的,要么至少是无所谓的,都通过诗歌的力量而得以提升,变得有价值有意义。"这句话一方面触及关于"每个人是否都有一种带有可讲述的故事的生活"的讨论,一方面也触及自传中的虚构与现实之间的关系。参看脚注中对歌德在这一体裁中的主要著作《诗与真》(*Dichtung und Wahrheit,* 1811-33, i *Goethe's Werke. Vollständige Ausgabe letzter Hand* bd. 1-55, Stuttgart og Tübingen 1828-33, ktl. 1641-1668; bd. 24-26,1829)的指向。

87. 也就是"失去对自我的控制以至于失去自我"。

88. 作为者(Gjerningsmand),这个词在正常丹麦语中被理解为某个罪行的"作案者",在这里是指做出了某个"作为"的人。这个

"作为（Gjerning）"就是说，一个人的"所作所为"。克尔凯郭尔的《爱的作为》中的"作为"就是这个"作为"。

89. **Dichtung und Wahrheit**〕德语：诗与真。歌德自传《出自我的生活。诗与真》(*Aus meinem Leben. Dichtung und Wahrheit*) 的流行名称。另外也被用作谈论真实与非真实之混合。

在这里很明显可以看出，克尔凯郭尔认为私人经验不能直接用于写作，而只能作为人类普通经验的一个例子。因此，个人特有的东西必须被去除，这样，在私人经验可以作为人类普通经验被艺术化地使用时，一种屏障被设置在了读者和作者的私生活之间。

90. "作为之叙事〔Gjernings-Epos〕"，对照前面对"作为者"的注释，就是说，这是关于一个人的"所作所为"的叙事。

91. **毕达哥拉斯式的沉默**〕要进入古希腊数学家和哲学家毕达哥拉斯（约公元前570-前497年）所建立的哲学团体，门徒必须经历一个考验期。第欧根尼·拉尔修有这样的叙述："为受考验，他们沉默五年，只作为他的哲学学说专注的听众，并且看不到毕达哥拉斯；从那时起，他们进入他的家，并参与他的个人交往圈"，参看第欧根尼的哲学史（丹麦语版：*Diogen Laërtses filosofiske Historie, eller: navnkundige Filosofers Levnet, Meninger og sindrige Udsagn, i ti Bøger,* overs. af B. Riisbrigh, udg. af B. Thorlacius, bd. 1-2, Kbh. 1812, ktl. 1110-1111；bd. 1, s. 368（8,10））。中文译本参看吉林人民出版社2003年版《名哲言行录》（下）（马永翔、赵玉兰、祝和军、张志华译），第506页："他们还不得不整整5年保持缄默，只听他谈话而看不到他，直到他们通过一个考试，然后才获许进他的房间见他。"

92. **同时代的人们以一种诗情画意的方式……意义重大的力量构成巨大联盟**〕克尔凯郭尔在他的文章"致欧尔拉·勒曼先生"——发表于 1836 年 4 月 10 日第 87 期的《哥本哈根飞邮报》(*Interimsblad* nr. 87,10. april 1836)——中有争议地写到勒曼的尝试，它"为了弱化那个时代的能力的概念，说一个贫困的时代通常会诞生出一些个别的有伟大才能的人，是的，通过集中起自己的力量甚至在某些孤立的方向上（而任何时代都不会是完全空虚的）能够展开某种能力。"这个段落也许是指丹麦在 1820 年前对拿破仑的崇拜。

93. **发酵的时期**〕以一种社会和政治的不满为特征的时期，紧随的会是公开的叛乱或革命。读者可以考虑一下"发酵的时期"与"作为的时期"之间的对立（当然克尔凯郭尔这里也是在"发酵"(Gjæring) 和"作为"(Gjerning) 这两个词的拼法与读音的相近上做文字游戏）。

94. **过渡的时期**〕原本是地质学科术语。根据当时的权威，德国人维尔纳 (A.G. Werner, 1749-1817) 的观点，"过渡之山脉"是在介于远古时代和矿层时代的特别时期中形成的。这个长句中的地质术语全部来自维尔纳或他的学生亨利希·斯蒂芬斯，后者在《哲学讲课导论中》(*Indledning til philosophiske Forelæsninger*, Kbh. 1803,s.94-101) 之中使用了这些术语。

95. **花岗岩的组**〕在地质学中，"组"表示在地质时期内沉积的地层系列。大多数花岗岩来自地球最古老的时期。最古老的地层，主要由这种岩石类型组成。转义之后，"花岗岩组"可以表示"固定不移的基础"的构成。

96. **沉积岩的组**〕旧地质术语，指某些较新的分层（沉积）矿床。沉积岩也被用来称呼浪荡的年轻人，也许指向关于罗曼蒂克者们的观念——年轻而肆无忌惮的欧罗巴。

97. **泥炭的组**］在地质学上，泥炭的形成是属于最新的第四纪时期；一般说来，泥炭代表大地的草和根的顶部外壳。该术语部分指的是"泥炭"的带贬低性的使用，用来表述磨损或无聊的东西，部分地也与当时关于更有效生产泥炭的讨论有关。

98. **巴西的蚂蚁山……自然科学家的介绍**］参见隆德发表在《丹麦周刊》的"关于巴西人的生活方式（来自隆德博士的一封信的摘录）"（P.W. Lund »Om de brasilianske Myrers Levemaade. (Udtog af et Brev fra Doctor Lund)« i *Dansk Ugeskrift*, red. af J.F. Schouw, nr. 38, august 1832, s. 26-36. Det hedder her s. 27）："无数的小丘，除了与在我们田里各个地方有着的、并以'大土墩'这名称闻名的土堆相比较之外，我不知道会有什么东西更适合用来做对比，在旅行者眼前到处都是这些小丘，令他的行进步伐变得很艰难。"隆德（P.W. Lund）1831年夏天在哥本哈根住在他弟弟（H.F. Lund）的家。这位弟弟隆德（H.F. Lund）在1828年与克尔凯郭尔的妹妹佩特里亚·塞维丽娜（Petrea Severine）结婚。

99. **成形泥炭时期**］成形泥炭是经过加工的泥炭，在与水捏合后，在田地上成形并被晾干。当时人们努力在这种泥炭提炼过程中提高生产技术并由此提高这种燃料产品的产量。此外，"成形泥炭"这一表述也可能指当时"将形式的东西置于优先地位"的倾向。

100. **Sed nimis...caprae**］拉丁语：但是汗臭令那些挤压得过紧的聚会不舒服。引自贺拉斯的《书信》（jf. Q. Horatii Flacci opera, stereotyp udgave, Leipzig 1828, ktl. 1248, s. 232.）。中文版参看中国青年出版社李永毅译2017年版拉中对照《贺拉斯诗全集》中

0602 页 sed nimis arta premunt olidae convivia caprae，李永毅的对应中文译文在 0603 页："但若太拥挤、气味就败了宴会的乐趣。"

101.《自然科学杂志》，由奥斯特、霍纳曼和莱恩哈德出版，第 11 期，第 209 页］引自《关于法罗群岛的捕鲸，以及对鲸鱼自然史的补充》(H.C. Lyngbye »Om Grindefangsten paa Færøerne, tilligemed Bidrag om Grindens Naturhistorie« i *Tidsskrift for Naturvidenskaberne,*udg. H.C. Ørsted, Hornemann og Reinhard, nr. 11, s. 204-232, bd. 4,Kbh. 1826.)。

102.那些法国人……在俄罗斯大草原上……的行军］在拿破仑一世（1769-1821）带着超过五十万人的军队进入俄罗斯时，抵抗者一直在撤退，直到波罗底诺的决战，拿破仑占了上风并进入莫斯科。在撤退期间，法国军队因缺乏供应和严寒而崩溃。

103. **in absurdum 归谬推导**］拉丁语：归谬。论证形式中有"归谬法"，一个断言的后果如果导致自相矛盾，可以得出：与这断言相反的主张是正确的。

104. **创造性的"要有"**］指向《创世记》(1:3)："神说，要有光，就有了光。"

105."这是一个有趣的东西可从中出现的点"和"这是极漂亮的质料"都是"判断"的例子。

106.在 Hong 的英译本中有一个注释说:《克尔凯郭尔著作集》(*Kierkegaard's Samlede Værker*) 的三个版本的编辑都认为这个 vice versa 在这里是不准确地被当作了"各种各样诸如此类"来使用的。

107. **海涅**］海因里希·海涅（Heinrich Heine, 1797-1856 年），德国诗人，处女作是《诗歌集》(*Gedichte*) (1822 年)，并在《论德

国的宗教和哲学》(*Zur Geschichte der Religion und Philosophie in Deutschland*, 1834 年)中批评了基督教和德国唯心主义。海涅参与了比较松散的文学运动"青年德意志运动"(Das junge Deutschland),这个运动以诸如法国七月革命和黑格尔左派的《圣经》批评为自己的榜样。

108. **短篇小说的生产能力**]长短篇小说在 1830 年代是被当作市场产品来写的,布里克尔和其他丹麦作家们也是因为看见翻译文学的成功而写下他们的长短篇小说的。

109. 这里克尔凯郭尔是在批评安徒生创作的作品没能够本真地描绘他有意图要描述的各种人物。

110. **沃尔特·司各特**]司各特(Sir Walter Scott,1771-1832),苏格兰作家,他在十九世纪二十年代写的历史小说被很快地翻译成了丹麦语,对英格曼(B.S. Ingemann)和安徒生等丹麦作家产生了很大的影响。

111. **在我们的剧院的夏季演出**]皇家剧院在夏季上演的欢快表演,尤其是讽刺剧。

112. **Zwielicht**]德语:(由天然光和人工照明混合而成的)双重光;微光,黄昏或黎明时的光线。这个词被用于描述可疑含糊和模棱两可的事情,克尔凯郭尔将之用作"双重照明"的解释时,可能指向这个方面,但也可以具体地指向当时的戏剧场景的稀疏照明,部分来自下方倾斜装置上的"脚灯",部分来自顶部和侧面的灯。

113. **安息日**]犹太人从星期五日落到星期六日落的休息日。 在这里,它可能被看出是安息年,根据摩西律法每七年举行一次,所要求的包括田地应该休耕,见《利未记》(25∶2-4)。

114. **所属的小精灵就已经大声地宣告自己到达了那个地方**]这里的

"小精灵",丹麦语是 nisse,为北欧民间传说特有,是家里的保护地基的精灵,很喜欢恶作剧。文中的这句话是指向丹麦成语,在人们搬家的时候,"精灵也跟着一起搬"。

115. **扼杀善的邪恶……以福音书中说的蓟那样的茂盛**] 部分地指向撒种者的比喻,他撒下的一些种子落在荆棘里,荆棘长大就把谷子扼杀了,见《马太福音》(13:7);部分是指向谷种和稗子的比喻,当人们睡觉时,播种者的敌人来播下稗种,稗子随着谷物一起长出来,见《马太福音》(13:25)。"蓟"(野生植物,叶有刺,花呈紫色、黄色或白色)好像在福音书里没有出现过。

116. **拉封登**] 拉封登(August Lafontaine,1758-1831),德国受欢迎的作家,在十九世纪早期,约有 110 部他的小说被翻译成丹麦文。这些小说唤起激情和感伤,但据作者说,它们是有诸如"忠诚、高贵、感恩、婚姻、爱情和家庭幸福"等美德承载着的。在《只是一个提琴手》(丹麦文版 Kun en Spillemand 第 118 页)中,一匹叫"Sonderling"的马就是以其中一部小说命名的。

117. **笛卡尔娃娃**] 以法国哲学家笛卡尔(René Decartes,1596-1650)命名的小型空心玻璃娃娃或玻璃魔鬼形象,拉丁语作 Cartesius。它们被关在一只用薄膜封起的装有水的容器内。当人用手压薄膜气囊上时,它们会沉入水中,但一旦压力下降它们就又重新上升。Hong 在英译本中注释说,可能克尔凯郭尔把笛卡尔娃娃与不倒翁玩具混淆起来了。

118. **dicta probantia**] 拉丁语:证明着的陈述,尤其是在与《圣经》相关的意义上。

119. **revocare ad leges artis**] 拉丁语:符合艺术规律,参看西塞罗的《论演说家》(Cicero, *De oratore* 2,44.)。

120. **向中间集聚**］军队的命令语言。

121. **斯多葛主义**］斯多葛学派，古希腊哲学学派，于公元前300年左右由芝诺在雅典创立，对希腊和罗马思想都具有重要意义。斯多葛学派的唯物主义是泛神论的一种形式，因为包括人类灵魂在内的一切都被理解为一种统一体。物质力被认为是质料中固有的，与神（宙斯）同一。

122. **无论是死……这爱是在我们的主基督耶稣里的**］《罗马书》（8：38-39）。

123. **象形文字**］1822年，法国人商博良（J.-F. Champollion, 1790-1832）结合图画和声音字符对古埃及文字进行了解释。在当时，象形文字所标示的是难解的谜，或者就像在这里，表示更加抽象、无法理解的东西。

124. **胡椒单身汉状态**］丹麦风俗，三十岁仍然是单身的话，人们就会把胡椒瓶（罐）作为生日礼物送给他。Pebersvend这个词的本义是"胡椒店员"。过去从德国汉莎商业联盟城市中派出的胡椒调味品商，有着保持独身的义务。后来在丹麦就成了标示三十岁以上老单身汉的名词。

125. **一种这样的人生观对于安徒生所属等级的长篇小说作家**］《文学月刊》（*Maanedsskrift for Litteratur*, bd. 18,1837）是从教育角度评论安徒生的长篇小说《即兴诗人》和《O.T.》的。它可以导致"从那以后无法实现的条件和状态"（第61页），通过这些条件和状态，不健康的影响直接渗透"到市民社交之树的根子上，这根子吸收着不健康的营养"（第63页）。因此，根据评论者的说法，诗人有责任写长篇小说，这些小说是"一所生命的学校"，其中"包含经验指导、各种各样的观念和可用于情感教育的材料"。

126. Hirsch 的德译本在此做了一个注释：以这些句子，克尔凯郭尔强调了贯穿其全部写作生涯的立场，一方面，人一生保持处在对"基督教的"的稳定的、不断深入的趋近之中，另一方面，只有在一个人，比如说他自己在 1838 年 5 月，曾在一个特定的选择之瞬间做出过进入信仰的情况下，我们才能够严肃地讨论对基督教的这样的趋近。

127. **失败**］"失败"的丹麦语是 futte ud，其原本的意思是"爆出来"。at futte 一方面被用来标示由火药、火或电引起的小爆响，一方面表示快速的剧烈运动，使人想起小爆炸。可能克尔凯郭尔影射安徒生使用这一类流行而幼稚的表达词。比如说："'他的嘴里有什么！'校长问，但菲利普无法回答，否则烟就会爆出来（futte ud）。'好吧，他打哈欠'，校长说道，在他的头边给他来了一下，因而烟从他的鼻子和嘴巴中喷出来。看起来很好看！校长自己变得很愉快，因此他就逃过了一次警告！"《O.T.》第 1 部，第 2 章（O.T., Kbh. 1836, 1. del, kap. 2, s. 6f.）。

128. 这个"必定会"是与前面的"必定会"并列的。

129. **正如道布所说的，生活通过理念向后倒退着地被理解**］卡尔·道布（Karl Daub, 1765-1836），德国神学家。该说法未在道布文中找到，但在巴德尔所写的《思辨教义讲演》中有（Fr. Baader, *Vorlesungen über speculative Dogmatik* 1. hæfte, Stuttgart og Tübingen 1828, ktl. 396, s.80）。丹麦文《克尔凯郭尔文集》第四卷《哲学片断》的注释本中对"因此，解读了'过去的'的 Historico-philosophus（历史学家哲学家）是一个反向的预言家（道布）"的注释，其实与这里的这个句子是有关的。卡尔·道布早期受到康德的影响，后来又受到谢林的影响，但后来受到黑格尔的强烈影响。道布在他的论文"Die Form der christlichen Dogmen- und Kirchen-Historie"（德语：基督教教条与教会史的形式）中声称历史学家是一个反向的预言家，其中写道：回顾的行为完全就像前瞻的行为一样，是一种占卜的行为；如果说先知是未来事物的历史学家，那么同样也可以说历史学家，如果不是更好的话，至少也是过去历史的先知）(*Zeitschrift für spekulative Theologie*, udg. af B. Bauer, 1. bd, 1. hæfte, Berlin 1836, ktl. 354, s. 1.)。Hong 的英译本则对这段话作了进一步说明：克尔凯郭尔重复了道布的这一思想，把它与生活是"向前活下去"的思想放在一起。生活只有在经历过之后才能被解读，但过去为人对未来的理解和把握提供信息。Hirsch 的德译对这句话有很长的注释，解说了这句话中的关键词与克尔凯郭尔对自己的命运的解读的关系。因为他在发现了父亲人生中的秘密之后能够按照基督教的理念回过头来理解自己的生活。他父亲对自己和孩子的内在命运的解释成了一把他能用来努力在逐步理解中打开他的命运的所有"对他来说暂时还是神秘的"的细节的钥匙。然而，这整个事件的发生，从精神上理解，都是被压缩在一个所谓的瞬间之中。

130. **借用的命题**］一门科学从另一门科学中借来的命题，因为它让后者为之作出证明。

131. **在每一个人身上都写有弥尼、弥尼等**］指向《但以理书》第五章关于墙上的文字的故事。据说在巴比伦国王伯沙撒举行的盛大聚会中，忽有人的手指头显现，在王宫与灯台相对的粉墙上写："弥尼，弥尼，提客勒，乌法珥新。"这些文字的意思是："数了，数了，称了，碎片"，但是国王无法理解它们，所以他召来先知但以理,但以理解释这些字,说:上帝计算了这王国的日子,国王被称过重量了,很轻,这王国被分割并给予波斯人。《但以理书》(5:25-28)。

132. 此处的"另一方面"为译者所加,前面"一方面"的强调也为译者所加。

133. **漫步者**]漫游者或者散步者。原本指"一个思辨、历史和科学研究学派的成员",该学派由亚里士多德创立,被称作逍遥学派(Peripatos,渊源于希腊语"廊柱",——亚里士多德的学生们在柱廊间聚集,因此得到这个称呼)。相传亚里士多德的教学是一边散步,一边教授学生,因此"漫步者"(Peripatetikos)后来慢慢地取代了 Peripatos,成为亚里士多德弟子的称号。

134. **在山上住了**]游戏"山上"这一表述,这一方面可以是意味"在帕纳萨斯(希腊南部山峰名,传说为太阳神阿波罗及诗神缪斯的灵地,希腊传说中的诗人之山,而'帕纳萨斯'这个词在欧洲就成了'文坛'的代名词)上",也就是指丹麦诗人的整个圈子;另一方面可以是意味封闭的村庄。在霍尔堡的喜剧《埃拉斯姆斯·蒙塔努斯或者拉斯姆斯·贝尔格》中埃拉斯姆斯·蒙塔努斯(拉斯姆斯·贝尔格)未能让村庄里人信服地球是圆的。参看霍尔堡的喜剧《埃拉斯姆斯·蒙塔努斯或者拉斯姆斯·贝尔格》,例如第三幕第二场:"这里,在山上,没有人会相信这个;这怎么会,因为大地看起来毕竟完全是平的?"

135. **大地像一张煎饼一样平坦**]这是霍尔堡的喜剧《埃拉斯姆斯·蒙塔努斯或者拉斯姆斯·贝尔格》中埃拉斯姆斯·蒙塔努斯说的最后一句台词(Ludvig Holberg *Erasmus Montanus,* Kbh. 1731,3. akt, 5. scene.)。

136. **比如说《O.T.》**] 在安徒生的长篇小说《O.T.》中，出生于欧登塞教化院的主人公奥托·托斯特鲁普（Otto Thostrup）将这两个字母纹在自己的肩膀上。

137. **Was ich nicht weiß ... Cfr. Grabbe**] 德语：我不知道的事情不会让我不舒服，牛的脑子不管用，它就是这么想的。参看格拉布。引文出自德国作家格拉布的《唐璜和浮士德》（Christian Dietrich Grabbe, 1801-36, *Don Juan und Faust. Eine Tragödie,* Frankfurt a.M. 1829, ktl. 1670,s. 162）。"Was ich nicht weiss, macht mich nicht heiss"（我不知道的事情不会让我不舒服）是一句名句，歌德在《诗集》之中用到了它（Goethe *Gedichte*, bd. 1-2（udg. ubek.），ktl. U 42, jf. *Goethe's Gedichte,* udg. af G. von Loeper, Berlin 1884, bd. 3, s.72.）。

138. **割下他们的鼻子和耳朵**] 指向割鼻子和耳朵的侮辱性的惩罚，这种惩罚以前用于盗窃罪和逃兵罪。

139. **西伯利亚**] 转义，用于指一个非常冷清或寒冷的地方。

140. **固定想法**] 一种通常是错误的被以一种夸张的方式来坚持的观念；心理学上所说的"强制性的想法"。

141. **所罗门说凡事都是虚空**] 指向《传道书》（1∶2）："传道者说，虚空的虚空，虚空的虚空。凡事都是虚空。"在克尔凯郭尔的时代人们普遍地认为所罗门是《传道书》的作者。

142. **见《只是一个提琴手》，第1部分，第161页**] 丹麦文初版第1部分的第161页（HCA 1. Del, s. 161（KRI s. 102））；后面的第1部分的第160页（丹麦版为 HCA 1. Del, s. 161（KRI s. 102））。以上两处中文版是《安徒生全集》四，第126-127页。

143. **从朱庇特的头中全副武装地蹦出来的**] 古罗马神话叙述了战争、

艺术和科学女神弥涅耳瓦（希腊神话中是雅典娜）的奇妙诞生。朱庇特（希腊神话中是宙斯）受到剧烈头痛的困扰，锻冶之神（即火神兼匠神）武尔坎（希腊神话中是赫淮斯托斯）不得不用斧头打开他的额头。弥涅耳瓦带着盾牌和长矛，全身穿着盔甲，从他的头里跳了出来。

144. **走裙衫之道**] 借助于女人们的帮助扶持而得以进步。
145. **所罗门式的——适合于花类……豪华荣耀**] 指向《马太福音》（6：29），耶稣说："就是所罗门极荣华的时候，他所穿戴的，还不如这花一朵呢。"
146. **只是在现象学意义上的人格**] 直接地给定的、带着其各种意见和各种倾向的人格。
147. **pia fraus**] 拉丁语：虔诚的欺骗。该表述源于古罗马诗人奥维德的《变形记》，利笃思向怀孕的妻子提出，如果孩子是女孩，就将孩子杀死。出生后是女儿，但母亲声称是男孩，因此她长大了："谎言——或虔诚的欺骗——仍然被保密着。"
148. **我几乎不能算认识安徒生**] 毫无疑问，克尔凯郭尔1838年认识在哥本哈根学生会活动中作为表演者和撰稿作者的安徒生。他们都是这个学生会的成员。克尔凯郭尔可能是从1830年秋天开始进入学生会的。
149. **幂**（丹麦语: potens；德语: Potenz；英语: power；法语: puissance）：在数学中，幂是指数字的自乘次数。一次幂也就是所谓的一次方，二次幂是平方，三次幂是立方，四次幂是四次方。克尔凯郭尔在其著作中多次用到这个概念，比如说在《非此即彼》和《哲学片断》中。在哲学中，"幂"这个词也可以理解为：力量，权力；潜能，可能性。谢林用"幂"的概念来描述存在的生成活动，我们在谢林的哲学中常常看见"幂"这个词，因为谢林称客观与主观、实在的与理想的之间的不同的关系为幂。按谢林观点，每一个单个的存在物在其自身的特征性的幂次之中都有着"绝对的"的两个事实：自然与精神、客体与主体。他特别地区分三个幂：大自然中的一次幂是重力或者质量，客体的事实有着压倒性的分量；二次幂是光，主体的事实有着压倒性的分量；三次幂是有机生命，是两种事实间的平衡。

150. **"在一次幂中已经以各种各样的方式诗性地被体验的东西"的丰实的、"让自己转化进一种更自由的世界并在这世界之中蠕动着"的、再生产着的二次幂**］这是克尔凯郭尔的一个带有很繁复的定语的名词。克尔凯郭尔研究中心的《克尔凯郭尔文集》的注释本对之做出这样的注释："'诗性的'的二次幂，——这二次幂由于将自己创建到更自由的虚构世界之中并在其中自由地运动，它在一次幂之中已经以许多方式被体验了。"

151. **在哥本哈根居住的人**］这是当时的一种固定表述。比如说可参看霍尔堡的《巫术或者虚假警报》(*Hexerie eller blind Allarm*) 第二幕第三场："唉，你们这些好人啊！我可是在这城里居住的人；我又不会跑掉。"

152. **总体上的技巧**］可能是指海贝尔就"对创作的诗性价值的公共判断"与"专业批评对具体作品与其体裁规范间关系的技巧的定性"所做的区分："我所说的虚构作品中的技巧成分是：它与它所属虚构文体类型的一致性。'诗性的'通常能够与'技巧性的'分开。以这样的方式，一部悲剧能够具有诗性的质料，在其表演中见证诗性的精神；但是它能有所有不成功的悲剧之要求，因为虚构作品不仅在普遍的意义上是诗性的，而且它应当在所有方面都对应于对属于它的诗歌类型的特殊修正。一部叙事作品、一部戏剧不仅必须是诗性的,而且首先也必须是叙事性的,其次是戏剧性的。因此,只有'技巧性的'是批评的对象;一般意义上的'诗性的'必须留给直接的感觉、留给公共的判断。"参见:"对欧伦施莱格尔教授先生的文章'论《哥本哈根飞邮报》上的评论,关于密克拉迦德的瓦良格人'的回应"(»Svar paa Hr. Prof. Oehlenschlägers Skrift:'Om Kritiken i Kjøbenhavns flyvende Post, over Væringerne i Miklagard'«, i *Kjøbenhavns flyvende Post*nr. 7, Kbh. 1828, s. 38.)。

153. **安徒生是通过自己的对立面或者通过一个他者来解读事物的**]在同时代的批评中,人们经常指出安徒生使用"观念联想"来将他的作品中的想法联系起来,并将之视作一种错误,参看比如说: J.L. Heibergs anmeldelse af *Fodreise i Maanedsskrift for Litteratur* bd. 1, Kbh. 1829, s. 171.

154. **跑尽要跑的路**]参看《提摩太后书》(4:7)。

155. **Omnia ... conscientiam**]拉丁语:一切都按其外表,没有任何东西按其良心。这是对罗马作家小普林尼(63-113年)叙述的颠倒。*C. Plinii Epistolae et Panegyricus*1, 22,5, Halle 1789.

156. **某一份思辨性期刊**]当时有一系列号称是思辨刊物的期刊,例如 *Zeitschrift für spekulative Theologie*, ktl. 354-357 和 *Zeitschrift für Philosophie und speculative Theologie*, ktl. 877-911。这里指的可能是《珀尔修斯,思辨理念杂志》(*Perseus, Journal for den speculative Idee* nr. 1, Kbh. 1837, ktl. 569)。出版《珀尔修斯,思辨理念杂志》的海贝尔写了一篇"致读者"来谈论这份思辨期刊的特别之处(第1卷,第Ⅵ页):"就是说,理念直接地在所有

本质性的东西中出现：自然界、灵魂世界、政治方面；任何真正的努力，无论它有什么对象，无论它分出什么样的经验细节，都不会被它的理念离弃。但光有理念在场是不够的；它自身也要被承认；因为只有在它'自我意识到了的理念'的时候，它才是思辨的；恰是这一对理念的意识，这种对它的同感和与它的日常交往，是这本期刊希望传达的东西。"

157. **记住童年，记住孩童幻想**] 也许是指向同时代批评界常常重复的对安徒生的批评，说他像一个小孩子，(anmeldelsen af *Fodreise* i *Dansk Litteratur-Tidende,* Kbh. 1829, s. 63f.)，也有把安徒生称为一个仍需好好学习文体学和语言准确性的人才的（ anmeldelsen af *Improvisatoren* i *Dansk Litteratur-Tidende,* Kbh. 1835, s. 289f.)。在 1830 年，一篇对安徒生《诗歌集》的评论特别地强调了作者的年轻时代，赞美了他感情中的温暖和真诚，并且认为他有"一种幸运的天赋，能够在幻想和心灵中直接地感知并忠实地再现瞬间现象的印象；但他也有一种真实的禀赋，'在反讽和感情之间徘徊着并从幻想和诙谐获取营养'的对生活更深层次关系的幽默的观照"（ *Maanedsskrift for Litteratur* bd. 3, Kbh. 1830, s. 168)。

158. **在一个男高音部分的前面标上了一个高音符号**] 用来标示最高的女声或男声（或相应乐器），被标在由最高男声（或相应乐器）表演的乐段之前。

159. **一个城市就像丹麦的一个城市**] 举例的话可以有这段："一个陌生人，突然被置于这种温和的空气中，在这种茂盛的美好之中，会猜想是在南方国家；斯文堡海峡让他想起了多瑙河"《只是一个提琴手》(丹麦文初版第 1 部分的第 50 页（HCA 1. del, s. 50（KRI s. 37))。《安徒生全集》四，第 42 页)。

160. **参看《只是一个提琴手》的前六章**] 这些章节描述了主人公克里斯蒂安的童年。丹麦文初版第 1 部分的第 18 页和 15 页（HCA 1. del, s. 18 og 15（KRI s.16ff.））。《安徒生全集》四，第 7-31 页。

161. **穆罕默德**] 阿布·卡西木·穆罕默德·本·阿布杜拉·本·阿布杜勒 - 穆塔利卜·本·哈希姆（约 570-632 年）阿拉伯先知，伊斯兰教的创始人。

162. **到了第七重天**] 在 610 年，穆罕默德接受了启示，即他将成为一位使徒并警告他的同胞上帝的惩罚，参见伪经《十二族长遗训》，七个圆顶形天空的概念可以在犹太传统的《塔木德》中找到，并且可能由此而被吸收进穆斯林的圣典《古兰经》。

163. "故态复萌（Tilbagefald）"一般是说在疾病状态或者恶习等等之中的复发倒退。这一段与上一段间似乎有着很大跳跃。这里译者未能查出"故态复萌"是针对什么问题说的。Hong 的英译在"移动性"上加了注，说这是从"叙事"到"抒情"的移动。按这种理解，"故态复萌"可以被理解为文学创作发展的从"叙事"到"抒情"的倒退。

164. 这里，对"这一迷信**既体现在**……这一迷信**也体现在**……"的强调为译者所加，因为考虑到这是一个冗长的复合长句，读者可能会在阅读中找不到关联。

165. 这个"他"是指"这个或那个真正有天赋的个体"。

166. **第 1 部分，第 156 页**]《只是一个提琴手》的第 1 部分（丹麦文初版第 1 部分的 156 页 / HCA 1. del, s. 156（KRI s. 98f.））。这里描述了克里斯蒂安的兴奋，因为他被描述成一个将要出头的天才："他有同样的确信，就像其命运掌握在一个富有的男人或女人手中的每一个真正天才一样，而这些男人或女人通常有着评估的能力——差不多就像她有这能力一样！"（《安徒生全集》四，第122页。）

167. **丛林**〕丹麦语 Underskov，是指由生长在高大的树木下的灌木和小树构成的植物丛或者说矮林子。

168. 这个"此"是指"诗人安徒生与他个人和与'对于一个小说作家是不可或缺的'的知识储备的错误关系"。

169. **由一根肋骨……创作出整个个体**〕指向《创世记》（2：21-22），之中叙述了上帝从亚当身上取出一根肋骨造出女人。

170. **珍藏馆**〕存放稀有物品的空间；一个小型的博物馆。可能是指国王的艺术仓室，它于1821年被解散成各种特别收藏馆之前，也收藏各种科学意义上的稀有物件。

171. **丝缇凤·卡瑞特**〕风月女郎。丹麦语"卡瑞特"这个绰号指向民间俗语中的"床"。Hong 在其英译本中注释说，这是哥本哈根一个水手常去的妓院的鸨婆。

172. **愚蠢的眼睛……看不出**〕指向《创世记》（27：1）"以撒年老，眼睛昏花，不能看见，就叫了他大儿子以扫来，说，我儿，以扫说，我在这里。"1740年版丹麦语《旧约》把"昏花"译作 dumme（愚蠢的；模糊的）。

173. **馆**〕这个词在丹麦语中有一个粗俗的意义，指妓院。

174. **诸偶然观念联想**〕"观念联想"这个概念出自英国哲学家约翰·洛克（John Locke，1632-1704年），他用这个概念来说明"一个特定的心理因素引发另一个心理因素，例如通过相似性"的关系。克尔凯郭尔贬义地使用这概念，与海贝尔在《文学月刊》对《1828到1829年，从霍尔门斯水道走到阿玛格尔的东尖角》的评论（*Maanedsskrift for Litteratur* bd. 1, Kbh. 1829, s. 171）

一致（在海贝尔文中，"观念联想"被称为"幻想可以选择的最糟糕的指向之星，一方面因为它是微不足道的……，另一方面因为它可以无限地延续下去"）。

在对《幻想与随笔》的评论（Maanedsskrift for Litteratur bd. 6, Kbh. 1831, jf. s. 127）中也谈及了"观念联想"这个概念："思想和情感在抒情的热情中出现和相互追随的自由必定取决于自然的观念联想。"

175. **尼尔斯**］在丹麦文初版第 1 部分的 110-118 页（《安徒生全集》四，第 87-92 页）；第 2 部分从 124 页起（《安徒生全集》四，第 218 页起）（jf. HCA 1. del, s. 110-118（KRI s. 72-76）; HCA 2. del s. 124f.（KRI s. 176f.））。

176. **帕特曼牧师**］丹麦文初版第 2 部分第 80 页（《安徒生全集》四，第 186-187 页）；以及第 2 部分从 129 页起（《安徒生全集》四，第 222 页）（HCA 2. del, s. 80（KRI s. 125）samt HCA 2. del, s. 129f.（KRI s. 180f.））

177. **对她的发作和表白**］比如说在丹麦文初版第 2 部分第 17 页（《安徒生全集》四，第 138-139 页）；另外第 2 部分 96-99 页第 80 页（《安徒生全集》四，第 197-199 页）；第 2 部分第 118 页（《安徒生全集》四，第 211-212 页）；第 2 部分第 130 页（《安徒生全集》四，第 222-223 页）；第 3 部分第 77 页（《安徒生全集》四，第 299-300 页）；第 3 部分第 106 页（《安徒生全集》四，第 322 页）。（fx HCA 2. del, s. 17（KRI s. 113）. Desuden HCA 2. del, s. 96-99（KRI s. 160）; HCA 2. del, s. 118（KRI s. 173）; HCA 2. del, s. 130（KRI s. 180）; HCA 3. del, s. 77（KRI s. 243）, HCA 3. del, s. 106（KRI s. 260））。

178. **《巴勒的教学书》**]《福音基督教中的教学书，专用于丹麦学校》(*Lærebog i den Evangelisk-christelige Religion, indrettet til Brug i de danske Skoler*) 的常用称呼。由 1783-1808 年间的西兰岛主教巴勒 (Nicolaj Edinger Balle 1744-1816) 编写，合作者巴斯特霍尔姆 (Christian B. Bastholm 1740-1819) 在 1777-1800 年间任宫廷牧师，并在 1782-1800 年间是皇家忏师。《巴勒的教学书》在 1791 年被官方认定，直到 1856 年一直是学校的基督教教学和教堂的再受洗预备的官方正式课本，并且传播和影响都是很大的。克尔凯郭尔有一本 1824 年的版本 (ktl. 183)。

179. **《赞美诗》，新的改进过的版本……诗歌芬芳的叶瓣**] 也许指向《福音派基督教赞美诗，可用于教会和家庭仪式》(*Evangelisk-kristelig Psalmebog til Brug ved Kirke- og Huus-Andagt*, Kbh. 1798)。1798 年此书被授权，取代 1783 年的《赞美诗或新旧赞美诗集》(也称为《古尔德伯格的赞美诗集》)(*Psalme-Bog eller En Samling af gamle og nye Psalmer* /»*Guldbergs Salmebog*«)。《福音派基督教赞美诗》是在巴勒 (N.E. Balle) 的倡议下编写的。巴勒受到启蒙运动之理性推崇的强烈影响。在十九世纪早期，这部赞美诗因缺乏诗意而受到批评。

180. **在国内流传的各种问题**] 在十九世纪二十年代和三十年代，《福音派基督教赞美诗》受到虔诚运动 (de gudelige vækkelser) 和格伦德维团体 (grundtvigsk hold) 的猛烈攻击，许多新的赞美诗集就出现了 (B.S. Ingemann, *Høimesse-Psalmer til Kirkeaarets Helligdage*, Kbh. 1825; *Harpen, en Psalmebog*, ved N.J. Holm, Kbh. 1829; *Udvalg af Danske Psalmer*, ved L.C. Müller, 1831; *Historiske Psalmer og Riim til Børne-Lærdom*, ved L.C. Hagen,

Kbh. 1832; og N.F.S. Grundtvig *Sang-Værk til den Danske Kirke* bd. 1, Kbh. 1836-37）。

明斯特尔主教在 1843 年试图通过发布《福音派基督教赞美诗附录概要》（于 1845 年被授权）来补救与《福音派基督教赞美诗》传统的断裂。

181. **西尔维奥·佩利科的《我的监狱生活》**（Silvio Pellico: le mie Prigioni）］西尔维奥·佩利科（Silvio Pellico，1789-1854 年），意大利爱国者，他在《我的监狱生活》（*le mie Prigioni*，1832 年，米兰，丹麦语译本 *Mit Fangenskab*，Kbh. 1843）中描述了他在斯皮尔伯格要塞监狱和威尼斯铅室期间遭受的八年苦难。他于 1820 年被奥地利人逮捕，并被指控与意大利民族团结和独立斗争的共济会组织 Carbonári 有联系。安徒生引用了这本书的德语版（*Silvio von Saluzzo Pellico's sämmtliche Werke in einem Bande*, overs. af K.L. Kannegiesser und Hieronymus Müller, Zwickau 1835, ktl. 1931）；参见《只是一个提琴手》第 2 部分，第 15 页。

182. **在处方上写的符号那样的图标**］在西方传统中，医学处方上以符号 R、℞ 或 ꝶ 开头，据说这意味着"标签"（比较拉丁语 recipe），在古罗马这是对朱庇特的呼唤。最早的基督徒医生用 ✝ 或 IHS（拉丁语 Jesus hominus salvator 或 In hoc signo）取代了这个标志，后来则使用 # 符号。

183. **第二、第三以及类推等级的诗人**］根据"衔位等级规定"（见前面注释），官员和其他有头衔的人被分为九个等级。

184. **驴常常踩在最好的花上**］引自第 1 部分的第 118 页。（HCA 1. del, s. 118 (KRI s. 77)）。《安徒生全集》四，第 93 页。尚不能确定安徒生是否在隐蔽地引用另一位作者。

185. **国家债务爆出裂缝**〕影射财政代理比尔希（Chr. Birch, 1760-1829年）对国家财政部的欺诈行为（于1820年被揭露出来）。这一欺诈使得丹麦国债增加了50万国家银行币。

186. **丹普博士**〕J.J. Dampe（1790-1867）博士，在专制君主制下建立了一个秘密团体，想要引入自由宪法，以叛国罪和侮辱陛下罪被判处死刑，但受赦免改为终身监禁。1821-42年服刑，1848年获得大赦。

187. **拉迪斯劳斯**（Ladislaus），《只是一个提琴手》中的人物。

188. **对主的敬畏**〕敬畏耶和华。可能指向《箴言》（1：7）："敬畏耶和华是知识的开端。愚妄人藐视智慧和训诲。"

189. **斯特劳斯式的蒸发**〕气化或蒸发意味着一种物质转化为气态。这里影射德国神学家施特劳斯（D.F. Strauss, 1808-74年）在《耶稣传》（Das Leben Jesu, 1835年）之中将福音书描述为神话。这一解读被后来的《圣经》批评者们接受。

190. **某些德国人**〕指向十九世纪三十年代的自由思想运动：青年德意志运动（Das junge Deutschland）。

191. **受审讯者**〕宗教裁判所（罗马天主教会寻找和惩罚异端者的法庭）指控的人。

192. **诗人自己在舞台上布道新教（？）**〕括号中这个问号是克尔凯郭尔自己加的。

193. **娜奥米的旅行**〕丹麦文初版第3部分的第57-77页。（HCA 3. del, s. 57-77（KRI s. 233-243））。《安徒生全集》四，第286-300页。

194. **边界线**〕在丹麦语中，克尔凯郭尔所用的词是 Demarcations-

Linie，是指对一座堡垒或者城市周围的土地区域的限定。考虑到从防御工事中向外射击的可能，一般建筑都受限定必须位于这被划定的土地区域之外。在国际法中被用作介于两个国家之间的无人地带的边界。

195. **外层保护墙**] 在原文中，克尔凯郭尔用的词是 Udenværk。指介于一个堡垒的主城墙和斜坡缓冲区域之间的堡垒建筑，即，堡垒防御工事外的斜墙。参看上面对"边界线"的注释。

196. **独立小分队**] 在原文中，克尔凯郭尔用的词是外来语（法语）Detachement：较小的部队兵力，往往由带有多种武器类型的兵员组成，带有特殊任务并且与主力部队没有关联。

197. **休息的地方**] 在丹麦语中，克尔凯郭尔所用的词是 Bedested，是指在旅行中休息的地方，例如旅馆、小酒馆。在克尔凯郭尔的其它著作中也用到这个词，但往往涉及双重的意义，就是说，丹麦语 Bedested 有两个意思，一个是指旅行中的歇脚处或寄宿处，另一个意思是祷告的地方，也就是说，忏悔室或者祷告室。忏悔室或者祷告室是一个封闭性的小房间。在大一些的教堂诸如哥本哈根的圣母教堂（克尔凯郭尔自己总在那里忏悔），有两个忏悔室，各能容下 30-50 人。

198. **鬼火**] 在丹麦语中，克尔凯郭尔所用的词是 Lygtemænd，这个词的意思是：沼泽和草地上的发光现象；在民间传说中是带着手提灯、试图引诱人们跟着自己进入沼泽和草地的超自然生物。

199. **小檗**] 小檗属灌木，有通常是簇生的叶子、小黄花，和红色、橙色或黑色浆果，是攻击谷物的黑锈真菌的中介宿主。

200. **音乐之神……时间女神的歌声**] 或许是指向希腊神话，其中缪斯们主司每一类艺术（包括音乐）的活动。

201. **莱希斯塔德公爵**〕弗朗索瓦·约瑟夫·夏尔·波拿巴或者拿破仑二世（1811-1832）。出生时被父亲拿破仑一世宣告为罗马国王，拿破仑一世1814年退位后，后来在百日帝国时期再次被授予权力。对此战胜的欧洲大国不予承认。他在维也纳在祖父法郎茨皇帝身边长大，于1818年获得头衔莱希斯塔德公爵。

202. **所罗门之剑**〕指向《列王记上》（3：16-27）中所罗门所做审判的故事：住在同一所房子里的两个妓女来找所罗门寻求他的审判；她们各生了一个孩子，但有一个孩子死了，现在她们都宣称活着的孩子是自己的。所罗门命令用一把剑把活着的孩子砍成两块，这样两个妓女就各可以得到一半。一女为孩子的生命祷告，并准备放弃。然后所罗门判定她是孩子的母亲。

203. **一只翅膀上有金箔的麻雀**〕翅膀上带金箔的麻雀。麻雀通常被描绘成可怜而不起眼的。在这里可能是指黄鹂或金麻雀，其黄色主要位于头部和体下。

204. **喧嚣的快乐**〕安徒生《只是一个提琴手》中的原文是"即将到来的快乐"。

205. **魔法之歌**〕安徒生《只是一个提琴手》中的原文是"安慰之歌"。

206. **措辛厄（Thorseng）**〕是措辛厄岛（Tåsinge）的诗化名称，在《克努特后人的神话》（*Knytlinga Saga*）中的《威尔德玛之大地书》中被称作措斯兰（Thosland）。措辛厄岛（Tåsinge）是丹麦的岛屿，位于菲英岛南部斯文堡南边的波罗的海中。

207. **维纳斯山的传说**〕丹麦文版第1部分第73页起，以及第95页。（CA 1. del, s. 73f.（KRI s. 50）og s. 95（KRI s. 62））。《安徒生全集》四，第59页起，以及第75页。

  维纳斯山原文是Venusbjerget，直译是维纳斯山，在一般的意义上意译就是阴阜（一块圆形位于女性阴部上的肉质隆起物）。人们是从十五世纪上半叶开始谈论作为"有罪的性别性"的"维纳斯山"的观念的。中世纪的维纳斯山传说是浪漫主义文学中最受欢迎的材料；这个传说与德国的好几座山有关。美丽神圣的维纳斯停留在空洞的山上，她借助于魔法把男人引到山中并拿走他们的灵魂。大多数进去之后再也无法出来。只有少数出来之后都变得怪怪的，要么又重新回去，要么死于对之的思念。

维纳斯山是通过《唐怀瑟之歌》而得以流传的（目前已知的唐怀瑟的第一份歌集出于 1515 年）。后来德国作家和出版者路德维希·阿奇姆·冯·阿尔尼姆（Ludwig Achim von Arnim）和柯莱门斯·布伦塔诺（Clemens Brentano）出版的德国老歌集中的诗歌《Der Tannhäuser》中也有这个故事。

208. **帕格尼尼**] Nicolò Paganini（1782-1840 年），意大利小提琴大师，他出色的技术技巧、恶魔般的外表和浪漫的艺术家态度使他成为近代音乐史上最具传奇色彩和最受崇拜的人物之一。

209. **安菲翁**] 宙斯和安提俄珀的儿子。出生后被放置在一座山上，被一个牧羊人领养，并被训练成为一名优秀的歌手和演奏七弦琴的大师。比较《只是一个提琴手》第 1 部分，第 37 页。（HCA s. 37 og KRI s. 30）。《安徒生全集》四，第 33 页。

210. **沃勒·布尔**] Ole Bull（1810-1880），挪威小提琴大师，1831 年第一次逗留巴黎期间听到了帕格尼尼的演奏，次年在整个欧洲声名鹊起。在北美也成功演出并成为美国公民。经常被与帕格尼尼相提并论，且与帕格尼尼类似，心态受波动巨大的矛盾心境的影响。安徒生于 1838 年 11 月 4 日在哥本哈根首次体验了布尔举行的一次演奏会。一个星期后，他在街上遇到了布尔，并赠送他一本带有签名的《只是一个提琴手》。

211. **犹八艺术**］根据《创世记》(4：21)，犹八成为所有演奏七弦琴和笛子的人的祖先："雅八的兄弟名叫犹八。他是一切弹琴吹箫之人的祖师。"

212. **钟楼上挂钟的塔尖的窗洞**］在玩捉迷藏时，克里斯蒂安隐藏在教堂塔楼的钟室里。当钟声在日落开始响起时，他瘫倒，这是他第一次遭受了"痉挛"的攻击，这种攻击在他后来的人生中常常出现，使他的身体变得虚弱，但也使他在精神上变得更加敏感。参看《只是一个提琴手》，第1部分，第55-59页。《安徒生全集》四，第46-49页。

213. **Hovedhjulene**，丹麦语字面直译是"主轮"，转义是"引导性的力量"。在这个地方，Hong 的英译是"the main wheels"，Hirsch 的德译是"bei einem der Dreh- und Angelpunkte"。

214. **这些倒霉的痉挛**］见《只是一个提琴手》第1部分第62页、第65页。(HCA 1. del, s. 62, samme 1. del, s. 65 »det ulykkelige Krampetilfælde«(KRI s. 44 hhv. s. 46).)。《安徒生全集》四，第52页和54页。

215. **国家银行币**］国家银行币是1813-1875年间丹麦国家银行发行的硬币，在1873年的硬币改革中，国家银行币被克朗取代（一国家银行币等于二克朗）。在1813年国家银行破产之前通用的是"流通币"(Courantdaleren)，然后是"国家银行币"(Rigsbankdaleren)。在1844年，哥本哈根的全权查税员的年薪是六百国家银行币。四百国家银行币算起来是可以足够养家的。一个手工匠学徒一般一年可赚二百国家银行币，师傅包学徒吃住。一个女佣除吃住外，一年至多三十国家银行币。一双鞋差不多三个国家银行币。

216. **伊卡洛斯的翅膀**]根据希腊神话,伊卡洛斯和他的父亲代达罗斯被锁在克里特岛的迷宫里。为了逃出来,父亲以蜡结合鸟羽制造出翅膀,他们以这翅膀飞出迷宫。伊卡洛斯因为飞的时候太接近太阳,蜡制的双翼熔化了,跌落水中丧生。

217. **给苏格拉底毒药**]希腊哲学家苏格拉底(公元前469-前399年)在被判决"认定除了国家认可的神之外的其他神以及欺骗腐蚀青年"罪之后被以毒药处死。

218. **给基督荆冠**]见《马太福音》(27:27-31)。在彼拉多的审判中上,罗马士兵给基督的头上戴荆棘冠冕。

219. **悲惨的骨架子**]见《只是一个提琴手》第1部分第61页。(HCA 1. del, s. 61 (KRI s. 44))。《安徒生全集》四,第51页。

220. **甚至会满足**]见《只是一个提琴手》第2部分第29和31页(HCA 2. del, s. 29 og 31. (KRI s. 124))。《安徒生全集》四,第148-149页。

221. **露兹和娜奥米**]见证克里斯蒂安的人生发展的两位女性人物。来自斯文堡的童年恋人娜奥米选择了马戏骑手拉迪斯劳斯和一种优雅的、国际化的和情感冷漠的生活。在去访问丹麦庄园的路上,在小说的最后一页,她遇上了跟随着克里斯蒂安的棺材的露兹和她的丈夫及孩子们。

222. **他享受着……宏大的梦想**]见《只是一个提琴手》第2部分第68-71页。(HCA 2. del, s. 68-71 (KRI s. 146-148))。《安徒生全集》四,第179-181页。

223. **约瑟与其兄弟的美丽关系**]指向约瑟的梦:他的11个兄弟的禾捆聚集在他的禾捆周围并向它们下拜,向太阳和月亮以及11

个星星下拜,作为他即将具备的力量的标志。《创世记》(37：5-11)。

224. **从犹太人之家到他的继父的家**] 在《只是一个提琴手》的第1部分第3章,犹太人之家,以及娜奥米童年的家着火;在第1部分第12章中继父卖掉克里斯蒂安的小提琴,克里斯蒂安离家出走。

225. **待在家里**] 见《只是一个提琴手》第2部分第105页。(HCA 2. del, s. 105 (KRI s. 166).)《安徒生全集》四,第204页。

226. **第3卷**]《只是一个提琴手》第3部分。

227. **不多几页**] 在第3部分之中只有第4章、第9章的终结处以及别处极少的几页是关于克里斯蒂安的。

228. **十二年**]《只是一个提琴手》丹麦文初版第3部分的第83和第116-118页。(HCA 3. del, s. 83 (KRI s. 247) og 116 (KRI s. 266), det flg. 3. del, s. 116-118 (KRI s. 266-268))。《安徒生全集》四,第305页 / 第329-332页。

229. **他属于信神者的群落**]《只是一个提琴手》第3部分第9章叙述,克里斯蒂安来到一个虔诚者或"神圣"的会众群体。这些会众受到迫害,直到1849年宪法引入宗教自由。此后,得到承认的宗教信仰团体的事务由法律来规定。

230. **出发并游历欧洲,而不是去省察心灵的历史**] 安徒生是当时旅行最多的丹麦作家之一。他第一次出国旅行是1831年夏天去德国。1833年4月,他走上了去德国、法国、瑞士、意大利和奥地利的长途教育之旅,直到1834年8月才回到哥本哈根,在瑞典,哥德堡和斯德哥尔摩是他的主要停靠站。克尔凯郭尔可能也指向小说本身,其中包厢马车中的旅行起着至关重要和象征性的作用。第1部分,第4章:娜奥米从小就被带入广阔的大世界;第

3部分，第9章：她最后回到家并遇到了克里斯蒂安的葬礼队伍。

231. **教父吊死自己**］丹麦文初版第1部分第129页（HCA 1. del, s. 129（KRI s. 83））。《安徒生全集》四，第100-101页。

232. **ecclesia pressa**］拉丁语：受压迫的教会；不能进行自由的或者公开的宗教实践的信仰社团。

233. "这样的表述"是指作者上面的"想要在安徒生耳边低语而不是向纸张倾诉"的内容。

234. **同感的墨水**］一种特殊的墨水，只有在受到热量、化学物质等影响时才会变得可见。当然这个"同感的"在这里无疑也是双义的，也指感情上和理解上的同感。

235. **这样的表述总体上……并让其意义变得清晰的光前面**］克尔凯郭尔认为，这表述很容易被人误解，但是，如果安徒生能够把这写有文本的纸放在透得过纸张的灯光下而使得本来隐藏着的、无法被看清楚的文字能够在这光线的透射下被读出而避免误解这纸上的文字（这墨水和灯光都是一个比喻），那么，尽管他的表述会被别人误解，那么他希望自己也就认了，能够接受误解。

图书在版编目（CIP）数据

克尔凯郭尔论安徒生：出自一个仍然活着的人的文稿 /（丹）克尔凯郭尔著；（丹）京不特译. —北京：商务印书馆，2023
ISBN 978-7-100-21991-4

Ⅰ.①克… Ⅱ.①克…②京… Ⅲ.①安徒生（Andersen, Hans Christian 1805-1875）—小说—文学评论 Ⅳ.①I534.078

中国国家版本馆 CIP 数据核字（2023）第 028297 号

权利保留，侵权必究。

克尔凯郭尔论安徒生
——出自一个仍然活着的人的文稿
〔丹麦〕克尔凯郭尔 著
京不特 译

商 务 印 书 馆 出 版
（北京王府井大街36号 邮政编码100710）
商 务 印 书 馆 发 行
北京中科印刷有限公司印刷
ISBN 978-7-100-21991-4

2023年8月第1版　　开本 850×1168　1/32
2023年8月北京第1次印刷　印张 4 1/8
定价：32.00元